HAYMON verlag

Da isch's Glück dahoam

Das Radio Tirol-*Mundartlesebuch*
für Tiroler und andere Menschen

Gefördert von tirol Unser Land

Gedruckt mit freundlicher Unterstützung durch
die Kulturabteilung des Landes Tirol.

Auflage:
4 3 2 1
2017 2016 2015 2014

HAYMON verlag
Innsbruck-Wien
www.haymonverlag.at

ISBN 978-3-7099-7153-6

Umschlag- und Buchgestaltung, Satz:
hœretzeder grafische gestaltung, Scheffau/Tirol
Coverfoto: Norbert Graus, Rotholz

Gedruckt auf umweltfreundlichem,
chlor- und säurefrei gebleichtem Papier.

Liebe Leserinnen und Leser,

2013 erschien im Haymon Verlag „Das *Radio Tirol*-Wörterbuch der Tiroler Mundarten", das auf erfreulich großes Interesse bei einer breiten Leserschaft in ganz Tirol stieß und mit Begeisterung angenommen wurde. So entstand die Idee, nach diesem Wörterbuch ein Nachfolgeprojekt ins Leben zu rufen, das die Wörter nicht nur sammelt und erklärt, sondern auch zeigt, wie sie verwendet werden.

Wichtig war uns dabei, zu zeigen, dass Tirolerisch nicht nur im Alltag gesprochen, sondern auch geschrieben, gesungen, auf Handybildschirmen und Tastaturen getippt und außerdem erzählt wird, heute ebenso wie seit vielen Jahren. Das Ergebnis ist ein buntes Potpourri an Texten, alte und neue, gereimte und gejodelte, alles, was das Herz von MundartliebhaberInnen begehrt. Neben traditionellen Sagen, Geschichten, Liedern und Sprüchen können Sie Songtexte von aktuellen Pop- oder Rap-MusikerInnen in Tiroler Mundart hören und finden viele klingende Namen, die auch eng mit dem ORF Tirol verbunden sind. Felix Mitterer, Werner Pirchner, Viktor Haid alias Herr Reindl, Toni Knittel von Bluatschink oder Harry Prünster. Vertreten sind Texte aus allen Regionen Nord- und Osttirols. Auch nach Südtirol gibt es einen kleinen Exkurs – genauer: ins Ultental – und wer könnte uns besser dorthin mitnehmen als Manfred Zöschg alias Luis aus Südtirol?

Besonders freut mich, dass im Rahmen unserer wochenlangen Radio Tirol-Aktion „Gstanzlfreitag" hunderte HörerInnen unserer Einladung gefolgt sind, Gstanzln zu verschiedensten Themen einzusenden. Eine Auswahl dieser Gstanzln bildet den krönenden Abschluss dieses Mundart-Lesebuchs. Insgesamt eine weitere gelungene Initiative des ORF Tirol und des Haymon Verlags für die Bewahrung der Tiroler Dialekte.

In Mundart-Texten sieht man besonders gut eines: Sie liegen unserem Empfinden häufig näher als die Schriftsprache. Es ist die Sprache, in der wir denken, jene, in der wir mit unseren FreundInnen oder unserer Familie kommunizieren. Vielleicht hat man deshalb oft den Eindruck, dass Mundart-Texte besonders einfach und mit wenigen Sätzen ein Gefühl oder einen Gedanken so authentisch ausdrücken können. Nicht zuletzt darum ist das Kapitel über die Liebe in diesem Mundart-Lesebuch so besonders schön geworden.

Ein weiterer Grund, warum uns die Mundart so nahe ist und sich so vertraut anfühlt: Für viele von uns ist sie die Sprache unserer Kindheit. Reime, Lieder, Spiele – all das haben wir auf Tirolerisch erlernt und geben es so an die nächste Generation weiter.

Besondere Bedeutung hat die Mundart außerdem im bäuerlichen Bereich, im Brauchtum und in der Bergwelt, daher gibt es auch ein Kapitel mit Texten vom Grasausläuterspruch bis zum Gipfelbucheintrag.

In einer engen Beziehung steht die Mundart zum Humor. Zahlreiche Witze und Anekdoten funktionieren überhaupt nur in Mundart oder über deren Verhältnis zur Hochsprache, nicht zuletzt zu jenen unserer deutschen Nachbarn.

In diesem Sinne bleibt mir, Ihnen viel Spaß beim Schmökern, Lesen, Vorlesen, Weitererzählen und Nachsingen zu wünschen.

Unsere Mundart ist ausgesprochen lebendig, um nicht zu sagen „sakrisch guat“. Tragen wir gemeinsam dazu bei, dass das so bleibt!

Helmut Krieghofer

Landesdirektor ORF Tirol

Mei Poppela schlåft wia
a Bamperla fein –
Texte für und über Kinder

Anna Otto-Härting, Telfs

Drei Wiagenliadlan

Mei Poppela

Mei Poppela schlåft wia a Kalbela guat,
Sei^{n} Harzela pumpert und stöibert sei^{n} Bluat –
Es ströckt seina Füasslan und Armelan aus
Und mächt si' vun Löiben nou lång it viel draus.

Mei Poppela schlåft wia a Bamperla fei^{n},
In Wiagela kannts jå it rüahwiger sei^{n} –
Die Wanglan und 's Kuiela flaumig und gsund,
Sei^{n} patschiarigs Mäulela kugelarund.

Mei^{n} Poppela schlåft wia a Bullela süass
Und wenn's amol ståmpelt mit Händ und mit Füass
Ist Zeit, dass es au'wåcht – ob ear oder sie –
Es krahnt wia der Guggelar: „Giggeriggi!"

Bamperla ➤ *Kälbchen*
patschiarig ➤ *drollig, possierlich*
Kuiela ➤ *Gesicht, Kinn*
Bullela ➤ *männliches Kälbchen*

Mei^{n} Büabela, Rüabela

Mei^{n} Büabela, Rüabela, Zuggerwauwau,
I löig diar auf's Böttl dei^{n} Muinzela drau'.
Kännts schnurren, kännts gurren, miauen mitnånd
Und's Pöichmandl sa^{n}t enk a Brismela Sånd.

Die Äugelan fållen vu salber glei zua
Und's Büabl und's Muinzl, dia göiben båld Ruah.
Båld håt schua^{n} der Vollmu^{n} durch's Fenšter ei'g'lächt,
Derweil ear die Roas über's Nåchbårdåch mächt.

Ear zwinkert, ear blinkert, ear zwischbert und staunt,
Weil's Muinzela tra'mt und a bissl miaunt.
Då winkt ear durch's Fenšter: „Du, Muinzl, sei still,
Weil's Büabala, Rüabela bunzelan will!“

Pöichmandl ➤ *Sandmännchen*
Brismela ➤ *ganz kleines bisschen*

Mei^{n} Mausela, Knauserla

Mei^{n} Mausela, Knauserla, Schatzela mei^{n},
Döis goldena Köiferla wuzel m'r ei^{n}!
Geah, låss mi di' habelan, kimm auf mein Årm,
Då schlöit diar mei^{n} Harzl gånz nåchent und wårm.

Dei^{n} Muatterla håt di' hålt umadum gearn,
Dei' Gsichtl muass decht nou a Röasela wearn!
Dei^{n} Mäulela knospat schua, wå's es vermåg,
Du stråhlst wia die Sunna n'und kündest in Tåg.

Die Guggerlan bringen vun Himmel an Gruass,
Dear söit miar, wia guat i di' hearrichten muass.
Drum höig ig und pflöig i mei^{n} Poppela fei^{n},
Es mächt hålt sei^{n} Löbtig a Röasela sei^{n}!

Röasela ➤ *Röslein*

Kinderreime und -lieder

Es regelet, es schneibelet,
es geaht a kålter Wind.
Mei Våter ist ins Oberlånd,
i woaß it, wånn a kimmt.
letz ist a hålt kemmen,
was hat a denn gebråcht?
A Kühlal im Stallal,
a Rossal im Wagal,
a Poppal im Wiagal,
a Schnapsal im Taschal,
a Buttal im Zeggal,
a Ringal am Fingal,
a Bussal auf d'Nåcht!

Zeggal ➤ *Körbchen*

Geizkrågn, Hennamågn,
wårt, i wear's da Muetta sågn,
Muetta sågg's an Våta,
Våta sågg's an Schmied,
Schmied sågg's an Håmma,
Håmma schlågg di zsåmm.

Oans, zwoa, drei,
bigga, bagga, bei
Hansl is im Hennastoll,
Greatl laß mi ei.

Sunna, Sunna ruck

Wenn es den Hütebuben langweilig wird, seufzen sie:

Sunna, Sunna ruck,
No a großes, großes Stuck!
Stöckn schwar,
Stottla laar,
Mir war lieber, lieber,
Wenn bald Hoamfahrtszeit war!

Stottla ➤ *Holzschachtel, in der die Hirten das Essen mitnehmen*

Stumpfada Besn

Wo bist so lang gwesn?
An Himmö drei Wochn,
bin i selb aufi krochn.
D'Muatergottes tuat spinna,
die Engei toan singa,
die Hirtn toan blasn,
die Schafei toan grasn,
aufn himmlischn Wasn.

Bigga , bagga, Bejsnschtiel,

hockt a Mandl af dår Miihl,
håt a schtabigs Hiatl au,
umadum voll Fejdern drau.
Kimmb dår bease Wiedår,
schtoaßt des Mandl niedår,
kimmb die ålte Flejdermaus,
rupft ihm ålle Fejdern aus.

Wiedår ➤ *Widder*

In Gottes Namen giahn ma schlåfn,
sechs Engl tian ins bewåchn,
zwoa z'kopfnd, zwoa z'fuaßnd, zwoa nebn mein,
laß diar dös ganze Haus empfohln sein.

Heia popeia, wos raschpöt im Stroah?
Die Gansei geahn barfuas, sie hom koane Schuah.
Da Schuasta hods Leda, koan Loast ned dazua.
Eatz ku ea nit mochn a die Gansei a Schuah.

Bim, Baum,
Meßnerzaun,
roate Kuah
und a g'scheckats
Kaibi dazua.

Dös is da Daumen,
der schüttelt die Pflaumen,
der klaubt sie auf,
der brings dem Jogg
und der hots der Muatta klog.

Variante:
Des is da Daumen,
dea schüttlt de Pflaumen,
der hebb se auf,
der bring se noch Haus
und da Kloane isst se olle auf!

Heia, pumpeia, wos raspelt im Stroah,
s'Katzl is g'storbn und s'Meisl is froah.

Der is an Wåld gångn,
der hat an Håsn gfångn,
der håt'n hoambråcht,
der håt'n bråtn,
und der Spitzbua håt'n gessn.

Rößl, Rößl b'schlog ma,
af Hall ani foahr ma,
af Hall um a Solz,
ins Pitztal um a Schmalz,
übern Fern, um an Kearn,
frißt mei Rößl goar so gearn.
Homma s'Nagele einigschlagn,
miß ma's wieder außigrobn.

Rößl beschlagn,
Hall fahrn,
um a Salz,
um a Schmalz,
um a Fassl Fieslboan.
Kimb mei Rössl wieder hoam.
Jetzt ham mir an Nagl z'tiaf eingschlagn,
müaß man wieder außa grabn:
gizigizi ... (Kitzeln)

Fieslboan ➤ *Pferdebohnen*

Mausi, Mausi, kriacht ins Hausi,
neamb dahoam wia s'Dianei alloa,
und s'Dianai kun nit auftoa.

Kloa bin i, kloa beib i
groaß mecht i nit werdn.
Schea runggat, schea bunggat
wia a Haselnusskern.

runggat ➤ *runzelig*
bunggat ➤ *knollig, gedrungen*

„I leg mi nida",
sog da oite Wida;
„I leg mi danebn",
sog die Ebn;
„Und i leg mi auf mei Wampö",
sog des kloa-winzig Lampö.

Ebn ➤ *Mutterschaf*

Ringl, ringl reia,
die Köchin steht beim Feia,
die Suppn geht ihr üba,
do kimb a groaßer Wida
und stoaßt die Köchin nieda.
Da kimb a kloane Feldmaus
und lupft die Köchin wieder auf.

Ringelringelreia, samma unsa dreia,
sitz ma untam Hollerbusch,
sog'n ma olle husch husch husch.

Stieglitz, Stieglitz
Refrain: Stieglitz, Stieglitz, s'Zeiserl is kronk!
Strophen
1) Geama zum Bader, loss ma's zua Oda, Ref.
2) Reiß ma eam a Fedal aus, mochma eam a Bettal draauß, Ref.
3) Bind ma eam as Kepfal ei, wead scho glei bessa sei, Ref.

Wenn die Muattår s'Kibele treib,
gib se miar an Buttår.
Buttår streich i af's Semelebrout,
isch bessår wia a Zuggår.
Zuggår giib i in Rössl,
Rössl gib miar Miescht.
Miescht giib i in Ackerle,
Ackerle gib miar Kerelen,
Kerelen giib i in Miller,
Miller moult miar Meahl.
Meahl giib i dår Muattår,
Muattår båcht mir Kråpfn,
Kråpfn giib i in Våttår,
Våttår gib mir Geld,
Geld giib i in Kaiser.
Kaiser gib mir Ross und Wougn,
daß i kunn in Himml auifoahrn.

Reita, reita Rössl,
dou oubm schteaht a Schlössl.
Dou oubm schteaht a goldnes Haus
und dou schaugn drei Freielen heraus.
Die oana schpinnt a Seida,
die oana måcht a Kreida,
die oana geaht ins Gloggnhaus
und låßt die heilige Sunnå aus.

Hossa, hossa Reita,
boi er foit, oft schreit a,
foit er in an Grabn,
fressn eam de Rabn,
foit er in an Sumpf,
oft tuats bein Reita „plumps"!

A Schiff fâhrt nâch Amerika,
wâs hâts denn glâdn?
Bier, Schnâps, Wein?
Bier Bier Bier –
Du bisch a Stier!
Wein Wein Wein –
Du bisch a Schwein!
Schnâps – den mâg ih nit –
und Du kimsch mit!

Oans zwoa drei vier fünf sechs siebn,
die âlte Frau kocht Rübn,
die âlte Frau kocht Speck,
und Du bisch weck!

Winddä, wanddä, wåffa Handä?
(Jemand hält in einer Hand eine Überraschung versteckt, z.B. eine Süßigkeit. Er gibt die Hände hinter den Rücken, sagt den Vers und lässt das Kind raten, in welcher Hand sich die Überraschung verbirgt.)

Hannes, der Täufer,
der Buttermilchsäufer,
der Erdäpfelpantscher,
der Weiberleutlantscher.

Sepp, Tepp, Hennadieb,
hat die Weiberleut so lieb.

Michele, Machele,
br... ins Kachele,
'S Kachele rinnt,
'S Michele stinkt.

Nikolaus, Nikolaus,
bring ins a toate Maus
und a långs Bandl dru,
daß der (Name) ziachn ku.

Annamirl, Zuckerschnirl,
geah mit mir in Keller,
um a Weindl, um a Bratl,
um an Muskateller.

Helene, widi wene,*
widi wuta katene,
widi wuta katutz,
ist d'Helene nix nutz.

* wird je nach Namen abgewandelt

Schneider Schneider leich ma d'Scha
(Kinderspiel)

Jedes Kind steht bei einem Baum, nur eines nicht. Dieses Kind geht dann zu jemandem, der an einem Baum steht und sagt:

„Schneider Schneider leich ma d'Scha!"

Der Angesprochene antwortet:

„Geh zum Nachbarn, der hot's a!"

Das ist das Kommando zum Plätzewechseln und das „baumlose" Kind versucht, schnell einen Baum zu ergattern, sodass dann jemand anders in der Mitte stehen muss.

Blinde Kuh
(Kinderspiel)

Der Spieler mit den verbundenen Augen muss nicht nur einen Mitspieler fangen, sondern ihn auch durch Abtasten erkennen.

Im Keller isch es finster,
es scheinen Sunn und Mu'n,
miar hockn üns ålle nieda,
auf welchn Stoan hockst du?

Der Spieler mit den verbundenen Augen setzt sich auf ein Knie eines der sich niederhockenden Mitspieler und muss diesen erraten.

Christa Astl, Buch b. Jenbach

’s Biabl måcht a Roas

Ganz friah is no gwesn, d’Sunn geht grad auf.
’s kloane Biabl mag nimma schlafn. Kraxlt aussa vo da Bettsteign,
schliaft eine ins Pfoadl, saust ausse auf d’ Wies und umme zum Bachl.

Schwimmt a Fischl daher. ’s Biabl fragt: „Wo wohnst?“ –
„Am Bachlrand, untan Stoan“, sagts Fischl.
„Mag mit, mags sechn!“, sagts Biabl.
„Kimm“, sagts Fischl.
’s Biabl steigt ins Bachl, aba d’ Stoana san glitschig, es rutscht aus
und liegt im Wassa.

Kimmt an Antn daher, packt ’s Biabl beim Pfoadnzipfl und ziahgts aussa.
„Wo wohnst?“, fragts Biabl wieder. – „Im Schilf, am See, muass hoam zu meine Oa!″,
schnattert de Antn. – „Mag mit, mags sechn!“, sagts Biabl.
„Hock auf!“, sagt de Antn. ’s Biabl hockt se auf ihrn Buckl
und hebt se fest beim Hals ein.
Aba de Antn kriagt an Hunga und taucht Kopf unter ins Wasser. ’s Biabl macht an
Purzigagl und fliagt kopfüba ausse auf d’ Wies.

Kimmt a Vogl daher, suacht an Wurm.
„Wo wohnst?″, fragt ’s Biabl wieder.
„Im Woid, aufn hoachn Bam“, zwitscherts Vogal,
„muass hoam zu meine Kinda!“

„Mag mit, mags sechn!“, sagts Biabl.
„Steig auf!“, zwitscherts Vogal und fliagt mit eahm weit fort auf de hechste Tannen.

’s Biabl hockt im Voglnest, so hoach oben!
Es mag owischaugn, loahnt se ausse –
und rumperdibum –
liegts voan Bettl aufn Bodn und de Sunn lacht eina durchs offene Fenster.

Pfoadl ➤ *Hemdchen*

Lilo Galley, Innsbruck

Baschti’s Entschuldigung

Unter mein Gârtn hât vor lânger Zeit a Maulwurffamilie mit ihrn Kind glebt! Der Baschti wâr a Mords Spitzbua, drum hât die Mama fescht aufpasst auf iahm. Am liabschtn isch er alloan durch die erdign Gäng spaziert! Dâ wârn Käferlen, Raupn und Regnwürmer, de er noh nit gsehgn hat.

Wenn die Mama a Futter gsuacht hat, hât sie zum Baschti gsagt. „Bleib schian brav in Dein Zimmer“, „ih bring Dar was Guats zum Schleckn mit!“ Der kloane Maulwurf hâts hoch und heilig versprochn, âber kaum wâr die Mama wek, isch er außi auf die erdign Gäng.

Gleih am Anfâng isch iahm a freindlicher Regnwurm begegnet: „Jâ hallo, wer bischn Du, und wia hoaschn Du? Ih bin der Seppl, der fleißigschte Regnwurm unter der Erd!“

„Ih hoaß Baschti, ih geah auf Entdeckungsreise“, hât der Maulwurf gsâgt, und isch weitermarschiert!

Immer weiter wek isch er, bis er ober iahm an helln Fleck entdeckt hât.

’s Herz hat iahm bis zum Hâls aua klopft, wia er zu dem Fleck auigrabblt isch.

Ui, wârs da herobn hell! Die Aigln hâm iahm vo der Sunn direkt weah tun. „Hm, dâ riachts gânz ânders, als bei uns dahoam!“

Der Baschti hât fasziniert gschnuppert! Die Nâsn hâtn kitzelt und er hât lautstârk gniast! Hatschi! „Wâs wâr iatz des?“ Die Mama isch iahm eingfalln, wia sie dazählt hat, dass ober der Erdn a Wiesn mit viele Bluamen und luschtige Schmetterling isch. De spieln fângelex und kitzln jedn Maulwurf auf der Nâsn! Die Mama hât âber ah gsâgt, dass a Maulwurf auf der Wiesn nix verlorn hat, dâ muaß er sterbn.

Grâd oamâl wollt er noh vo die Schmetterling kitzelt werdn und oamâl noh den siassn Duft vo die Bluamen riachn.

Aber dâ isch schu a groaßer dunkler Schâttn auf iahm zuakemmen. „Oije, nix wia wek!“, hât er sich denkt, und isch zruck in die Erdn. S’schlechte Gwissn hât’hn pâckt. Schnaufeter und daschwitzt isch er in sein Zimmer glândet!

Die Mama wâr ah schu dâ! Vor lauter rern hât sie gschwollene Augn kriagt! Des wollt er nit, der Baschti. Des mâg er echt nit, wenn sei Mama rert!

„En- Entschuldige“, hât er gstottert, ih bleib gwieß dahoam, wenn Du nit dâ bisch! Ih versprich Dars, drei Finger auf Maulwurfherz!“

Die Mama wâr noh lâng traurig, und des hât sich der Baschti guat gmerkt!

Lilo Galley, Innsbruck

Wenn sich zwoa streitn, gfreit sich der Dritte

Am liabschtn isch der Michl im Gârtn vo der Oma! Dâ kânn er mitn Hund fângelex spieln und stundlâng die Bluamen giaßn!

Beim Wiesn mahn hilft er ah, rechnt an groaßn Haufn zâmm und lâsst sich ins frische Grâs einifâlln.

Und wenn er fertig isch mit der Arbeit, hât er an Hunger und gfreit er sich auf a guate Jausn im Frein.

Oamâl wâr er bsunders fleißig. Er hât die Bluamen gossn und 's Unkraut zupft, wâs iahm die Oma zoagt hât! „Aua! Wâs wârn des? Mei Hand brennt", hât er gruafn.

„Du hâsch wâhrscheinlich in a Brennessl griffn", moant sei Oma. „Lâss a kâlts Wâsser drüber rinnen, nâh werds gleih wieder besser!"

Gach hât er die Hând unters kâlte Wasser gheb. Mit an Mords Zorn hât er auf de Brennessl gschaug. Oh! Dâ wâr jâ noh oane! Iatz hât er gâr noh eppes redn ghert! Jâ genau, de zwoa Brennessln streitn mitnând! Mâh, wâr des aufregend! Zwoa Brennessl streitn mitnând! Er hât sich fâscht nimmer schnaufn traut und lei mehr glost: „Du geahsch mâr auf die Nervn mit Deiner bledn Angeberei, âlm des gleiche mit Dir, echt lângweilig", hât die Oane zur andern gschumpfn.

„Hehe Du spitzes Blattl Du, Du willsch ja lei so schârf sein wie ih, âber des kannsch Du nit, weil Du schwâch bisch, viel schwächer als ih!"

Gib nit so un Du schräge Wurzl Du, Du hâsch in Michl a lei brennt, weil Du âlle Zackn gnommen hasch!"

„Jâjâ sowieso, Du Neidhâmml, ih kunn mit OAN Blattl so schârf sein wie a gânzer Sack voll Pfeffer!"

„Du, Du bisch jâ lei a grausigs Unkraut, jâ genau, a schiachs grausigs Unkraut bisch Du!"

„Moment, nimm Dein Maul nit so voll, Du bisch genauso a Unkraut, âber a gânz gwehnlichs stinkats Unkraut bisch Du, des koschtet mih lei an Grinser! Ha!“

Der Michl hât gmoant, er tramt. „Streitn de echt oder tram ih wirklich?“

Nâh hât er sich an teiflischn Plan ausdenkt. Er isch zur Oma gângen und hât sie neigierig gfragt: „Oma, sein Brennessln a Unkraut?“ „Mhm jâ und na, Brennessel sein a Unkraut und a Heilkraut, ma kânn sie firn Tee nemmen und an gsundn Spinat kochn!“

„Und wâs mâchsch Du mit die Brennessel im Gârtn?“

„Ih ziach die Handschuach un, reiß sie aus und wirf sie aufn Komposchthaufn, dass Du Dih nimmer brennsch!“

„Derf ih des toan?“

„Jâ freilig derfsch Du, âber pass au, dass Dih nit wieder brennsch! Du woasch ja, es tuat teiflisch weah!“

„Isch guat Oma, ih hol mar Deine Handschuach!“ Wia a Indianer isch er mit Herzklopfn zu die Brenessln gschlichn. De zwoa wârn âlm noh beim Streitn. Fascht schu in die Blattln sein sie sich glegn.

„So! Es zwoa Damischn, Es kemmts iatz aufn Komposchthaufn, dâ kennts nâh weiter gscheit sein und streitn, bis aus Eich a Komposcht wordn isch!“

„Na! Du frecher Dozn Du, wâs bildesch Du Dar überhaups ein? Ins ausreißn? Mir brennen Dih volle, grâd dass woasch! Volle brenn mar Dih! Verschwind Du Gâgl Du!“

„Aso, Es wollts mih noh amâl brennen, dass ih nit lâch! Ausser mit Eich und aui aufn Komposcht! Ho ruck und wek seids! Iatz kennts schrein, soviel ’s wollts! Mei Oma hât nämlich gsâgt, wenn sich zwoa streitn, gfreit sich der Dritte ge!“

Hilda Außerlechner, Kartitsch in Osttirol

Rache

A Fliage belästigt 's Büabl,
floicht umanåndå ba sei'm Gsicht,
schon gånz rebellisch va Zorn,
gånz damisch isch der klane Wicht.

Er fångt se, reißt ihr die Flügl aus,
weil des Gånze a Ende nehm muiß.
„So", såg er, „du teppata Fliage,
hitz geahsche ah amål zi Fuiß!"

Monika Duregger, Kundl

NULL GWICHT

Da Woistand bring ins gar vü guats und dös is guat
aso;
Grad bois amend ums Gwicht no geht is nimma jeda
froh.
Boi a dö ganzn Kurn nit helfn, tuast da söwa load;
Du schwindlst weg an ganzn Bauch mit oana weitn
Pfoad.

So wia da Hansä, a ea hat's Gfret und deafat essn nia;
und deszwegn tuats eam oft daloadn und trinkt an
etla Bier.
Sei Frau dö pflanzt'n wieda amoi wia's rumpln heat
dö Waag';
hat eam dawischt bein Gwichtabwägn – was ea schu
gar nit mag.

Dö kloane Leni is bei eam und heat di Mama lachn;
an Tat so tratzn, dös geht nit, was sand denn dös fia
Sachn!?
No schreit dö Mam a ummanand, sie wead iatz schu
zur Plag:
„Geh, Hansä, kunnt i grad dafragn, was sagt denn iatz
dö Waag?“

Da Hansä moant: „So ... 89, dös hätt i gar nit glabt,
dös is ja überhaupt nit wüd, dös is jo woi dalabt!“
Sei Moidö schüttelt lei an Kopf, dö glabt eahm
d’Gschicht gar nia,
wei 89 is zweach fia oan dea ausschaug wia a Stier!

S’Lenä dö is ganz vazagt wia d’Mam mit’n Tat tuat
werkn,
Sie schaug auf’d Waag und sigg dö Zoin und tuat si’s
ganz guat merkn.
Sie kennt nu nit dö Zwoarareihn lei oanzeln grad dö Zoin,
„Iatz wea i d’Mam ois eichisagn, dös lassn ma ins nit
gfoin!“

Dö Mam spott’ weita: „89! – Dös hätt i nia daratn;
obwoi i moa da sand dia woi dö Zoin durchnandagratn!“
Iatz oba greift dö Leni ei und schreit ... is fast schu
hoasa:
„Woi Mama, i hus ganz guat gsechn: zwoa Nulln, und a
Oasa!!!“

Rosi Lochmann, Langkampfen

Schmettaling

Wia sche hot's so a Schmettaling,
er fliagg von Bliah zu Bliah.
Oft kosta Nektar dort und do –
er hot koan Gnäd, koa Miah.

So sche is er – so zart und fei,
er flottat sovü gean.
Er flottat hi – er flottat her –
er mog zu neamand g'hean.

Min spitzign Vözei busslt er
de schenstn Bleami o.
De Käfa schaun gonz neidig her,
de Maus huckt traurig do.

Jo, waar i grod a Schmettaling,
wos taat I dafia gebm!
So luftig schaukin und so gring
des waar a herrlichs Lebm!

Vözei ➤ *Gesichtchen, Mündchen*

Veronika Schneider (Boarnvroni), Hatting

Zmårgets voarn Schualgiahn

Der Summer isch schå vellig fiahr.
In Örchtig hoasts zmårgets wieder auschtiahn. Schual giahn.
S'zoudropfete Madl tschianglt in die Kucha, wou die
Muatter groud eikentet.

„Geah Lisl, eadele it sou umanånd! Schaug die u, du zoudropfeter Schlåmpertatsch!
Geah umma zun Psych und kammpl di.
Nåcha gibsch in Tata die begelte Pfoat und in Gscholder, gschlein di, er håts gneatig.
Houl må vun Gadele an Loab und schneidn mit då Broutgruml au und nimm må a Plandl mit!
Mir loapesch s'Raftl!
Wås schtriangeschn asou? Gschlein di! Tschergn tuasch wia a ålts Weibets!"
„I bin nou dasig und miad und zkålt isch mår a!"
„Hear au toasn, derload mår it, riahr di, når weard dår wårm!"
„Mama, mi måchts geangetzn, der Butter isch jå schå ranzig und die Marmelad hantig."
„Hear au sumsn, måch fertig mitn Mårgetsessn und geah fiarschig, sinsch versaumsch nou in Zug, nå kunnsch z'Fuaß übern Iii zun Poschtauto giahn!"
S'Lisele påckt die Schualtascha und in Zegger und schpring ausa bei dår Tiar.
„Pfiati, dergårgl it, bei dein Gneat!", schreit die Muatter nou nåch
und s'Lisele pefflt lei mea zrugg, „jå, jå isch schå guat, pfiat enk!"

fiahr ➤ *vorbei*
zoudropfet ➤ *zerstrubbelt, ungekämmt*
Örchtig ➤ *Dienstag*
zmårgets ➤ *morgens*
Psych ➤ *Spiegel*
Tata ➤ *Vater*
Gscholder ➤ *Jacke*
Mir loapesch s'Raftl! ➤ *Mir hebst du den Anschnitt auf, lässt du den Anschnitt übrig!*
geangetzn ➤ würgen, erbrechen
si dergågln ➤ *stolpern*

Kathi Kitzbichler, Erl

A Goaß und a Schnegg

Im Rathaus ums Egg
worn a Goaß und a Schnegg.
Sie hom an Termin
im Hauptbüro drin.

De Schneggn kimmb dru,
de Goaß steht no u.
Und glei drauf, horugg,
kimmb de Schnegg wieda zrugg.

Do frogt de Goaß, wiaso,
bist du scho wieda do?
Jomei, des is gonz klor,
weil i vo ins de Schlaua wor.

Hu koa Problem, weil mit mein Griaß,
liegt mia a jeda zu de Fiaß.
I tua net meggan sondan schleimen,
draus kust da iaz a Gschicht zomreimen.

Da Winta is koit, weil da Schnee runterfoit – Heiteres durch die Jahrhunderte

Hausinschriften

Der Kaiser wehrt sich um sein Landl,
Der Jud um sein Handl,
Der Bauer um sein Feld,
Der Bua um sei Diandl,
So geht's auf der Welt.
(Weiler Ober-Lochlehen/Leutasch)

Daß uns de Seuch net plagt,
Kuh und Kalm sicher tragt,
daß uns koa Hund net beißt
und a koa Wolf net zreißt,
koa böser Mensch net schadt,
beware uns St. Leonhard!

Im Auftrag des Grüanar
machte mich schianer
der Innsbrucker Maler
Rafael Thaler.
(Itter)

Das Bauen
das war meine Lust,
daß's so viel Geld kost',
hab ich net gwußt,
Gott schütze mich zu jeder Zeit
vor Maurer- und vor Zimmerleit.
(ehemals am Achenwirt in Alpbach)

Marterlsprüche

Hier liegt Johannes Weindl,
Er lebte wie ein Schweindl,
G'soffen hat er wie a Kuh,
Der Herr geb' ihm die ew'ge Ruh.

Hier ruht der Brauersepp,
Gott Gnad für Recht ihm geb!
Denn viele hat, was er gemacht,
Frühzeitig in das Grab gebracht.
Da liegt er nun, der Bierverhunzer.
Bet, o Christ fünf Vaterunser.

Hier ruht Peter Funder,
Der Krapfelder größtes Wunder
G'redt hat er viel,
g'logen noch mehr,
Es schenk ihm
Die ewige Ruhe der Herr.

Hier liegt der Holzmüller
zwen Spitzbuam nebnbei
Gott sei eahn gnädig
g'stohln ham's alle 3.

Christ steh still und bet a bissl:
hier liegt der Bräuer Jakob Nissl
Zu schwer fast muss er büßen hier
Er starb an selbstgebrautem Bier.

Wandrer, horchts und laßts engk sog'n,
do is a Jaga einig'flogn,
ös brauchts net bet'n um sei' ewige Ruah,

er ist net dasoff'n, bloß sei' Uah;
gehst mit am B'suff in d'Klaus nei',
an dera Stell derfst achtsam sei'!
(Kramsach)

Oh Abraham, 's ist alles umsunst,
weil dir der Engel aufs Zündpfannl br...
(Kramsach – Museumsfriedhof)

Außenseite eines Grabtürchens:
Hier liegt Hans Sauf,
Wandrer mach' das Thürl auf!
Innenseite:
Gott geb' ihm die ewige Ruh',
Wandrer, mach das Thürl zu!
(Reintaler Seen)

Wir leiden große Peinen,
hörtet ihr das weinen,
ihr wurdet weich,
drum bettet fir uns Orme,
daß Gott sich bald erborme.
Gott lohn' es Euch.
(Umhausen)

Scepter, Kronen, Haven un Hacke
thuat der tod alle zsamenpacke.
Er fyllt damit sein Rantze
dn ei jeder muaß de keraus tantze.
Dromb schwing übe sich dzhertz dei
häftz an d'himmlisch frewden,
veracht d'velt, lieb got allein,
so kanst du froelich scheiden.
(Thaur)

O heiliger Wendelin, du Viechpatron,
siech uns als deine Kinder an.
(Stubai)

Was hat der Herr mit Ignatz gethan,
zuletzt schaut er noch den Bruder an,
er sagt, spring hin auf den Hut geschwind,
sonst nimmt ihn hinweg der Wind.
Und als er so auf den Hut hin sprang,
kein Eisen ist in den Wasen gang.
Er fiel hinunter auf einen Stein,
der Kopf war entzwei, kein Hirn mehr drein,
vermuthlich war er auch schon todt,
tröste ihn der liebe Gott.
(Virgen)

Hab ausgholt, bin ausgrutscht,
hat mich das Fuder zertutscht.
(Eiberg)

Bruckle gonga,
Bruckle brocha,
Obi gfolla
und der ...
(Mötz)

Er lebte fromm und recht,
der hier derdruckte Bauernknecht,
zum Glücke war er ledig –
Gott sei ihm im Fegfeuer gnädig.
(Pillberg)

Aufi gstiegn,
Kerschen brockt,
abi gfallen,
hin gwesen.
(Innsbruck/Amras)

Hier ruhen ihrer drei:
A Ochs, a Esel und er dabei.
(Tux)

Den Franzl, den a jeder kennt,
hat hier a Ox vom Radl grennt.
O Radler, der du fährst hinab,
steig doch bei diesem Marterl ab
und merk: Bergab man hier das Radl schiebt,
diweil es hier viel Rindviech gibt.

Hier isch der Seppl oi gschiedn
beim Alpenrosn suachn.
Himml, Hargott, Sakrament,
da soll der Mensch nit fluachn!
(Zillertal)

Gstanzln

Und mei Vater hat gsagt,
i soll Holz einatragn,
hab ihn unrecht verstandn,
habs Fenster eingschlagn.

Da Pfarra macht d' Predigt,
da Metzga macht d' Wurscht,
da Glauben, der macht selig,
und da Hering macht Durscht.

Da Pfarra hat a Köchin,
da Mesner a Dirn,
und d'Ministranten, die Spitzbuam,
mechtns a scho probiern.

Wer hoch steigt, muaß tief falln,
wer viel trinkt, muaß viel zahln,
wer viel liabt, muaß viel leidn,
wer nix kriagt, is nix z'neidn.

Wer nit schnupft und nit raucht,
wer nit tanzt und nit sauft,
und hat trotzdem koa Geld,
is a Schand auf der Welt.

Und a Diandl schea jung,
und a Wein scho recht oit,
jo des is wos mia oiwei
am bestn nu gfoit.

Wenns Taler tät regnen
und Dukaten möcht' schneibn,
tät i'n Herrgot schön bittn,
's möcht's Wetter so bleibn.

Wia heacha die Taxbam,
wia niedrer die Äst,
bei de ratschat'n Leit',
is da Schnabel as Best'.

Da Winta is koit,
weil da Schnee runterfoit,
wonn a drobn bliebn wär,
kam da Winter net her.

Wonn's schneibt, noa schneibts weiß,
wonn's gfriert, noa mocht's Eis,
wead ma oit, verliert ma d'Håår,
und wenn's aus is, is går.

Iatz hat oana gsunga,
i bin's eahm net neid;
dahoam homma a Goaß,
de aa a so schreit.

Mia hom an net gmolkn,
mia homs lei probiad:
des hod insan Goaßbock
fei net amüsiert!

Für d'Fleach gibs a Pulva,
für d'Schuach gibs a Wix,
fürn Durscht gibs a Wossa –
bloß für d'Dummheit gibs nix.

’s Weißbier is bitter,
’s Braunbier is siaß,
ham ma d’Stiefl versoffn,
bleibn uns allwei no’ d’ Fiaß.

Der Bandlwurm

I hâb koa Luscht,
i hâb koa Freid,
i hâb an Bandlwurm im Leib.

Iß ih amâl – an guatn Speck,
nâh isch der Bandlwurm nit wek.

Und friß ih dânn
an grauen Kaas,
dânn lâsst der Bandlwurm an Sch...

Und trink ih amâl
a Flaschl Bier,
dânn trinkt der Bandlwurm mit mir.

Und trink ih dânn – a Glasl Wein,
nâcha isch des Sch... noh âllweil drein.

Ih geah zum Dokter,
der gib mir an Rât,
so werd der Bandlwurm gleih tot.

Ih muass fressn sâg er
a Sauerkraut,
dânn fâhrt er lângsâm aus der Haut.

Er biag sih krum, er biag sih grâd
und nach a pââr Stundn isch er tot.

Aber wia ih dânn – geschtorbn bin,
dâ wâr der Bandlwurm ah hin.

Und wia ih dânn – in Himml kimm,
dâ siehch ih in Bandlwurm ah drin.

Mir bleib vor Schreck des Herzl stehn,
hilf Peatrus wâs soll iatz geschehn.

Und der Peatrus lâcht – und sag „pass lei au
mir hängen des Sauviehch jâ glei au."

Ih ziahchn auf, o Schreck o Graus,
âber iatz is Liad vom Bandlwurm aus.

Der Höttinger Surtaucher

„Wer wagt es", spricht der Hausherr Knapp
„zu tauchen in die Sur hinab?
Mir isch die Uhr mitsâmt der Kettn
oigflogn in den grausign Lettn.

Oan Guldn gib ih dem fir 'd Miah,
der mir die Uhr holt aus der Briah."
Im Kroas wâr lei a Gmur,
koaner will oi in de dreckige Sur.

Dâ kimmp übern Briggeleschteg
der Haislraggler Toni zweg

und moant: „Tua her den lumpign Guldn
und mâch mir jâ koane Schuldn!“

„Armer Mann“ – so hert ma sâgn,
„muasch um an lumpign Guldn Dei Lebn wâgn!“
Doch der Taucher blieb ganz kalt
und verschwand in der Sulze bald.

Geraume Zeit war schon verstrichen,
der Lettn hat sich ausgeglichen.
Da tauchte aus der Sur
ein Arm mit einer Uhr.

Und bald darauf erscheint ein Grind,
von dem der Lettn oarinnt.
Und wia von oaner Pâlm die Dâttln
hängen oa die Knâttln.

Wia er sich schwing zum Gruabnrând,
heb er a gânze Zeitung in der Hând.
Und er wischt sich übers Angesicht
und beginnt gleih mitn Trauerbericht.

Des Dünne hatt ih leicht überwundn,
âber beim Dickn l.m.A.
dâ hâb ih gschundn.
Und wia ih zuwi kimm zum Eck
wâs die Uhr hât zuigleg –

dâ lâß ih an Freidnschroa
und hâb die Pappn voller Broa.
Bua, des wâr a Gschmâckn,
der oane frisch, der ândre bockn.

Und wia ih auakimm zum Glick,
dâ schneizt mir oaner aufs Genick.
Mensch, des wâr a saftigs Drumm,
triffts an ândern, legtsn um.

„So“, moant der Hausherr
„die Uhr hâsch woll gfundn,
âber schaug, die Kettn lieg âlm noh untn!“
„Geah“, moant der Toni gânz betroffn,
„hupf selber oi, ’s Luck isch noh offn!“

Knâttln ➤ *Kotknollen*

Hilda Außerlechner, Kartitsch in Osttirol

Net zu verstiahn

A Månn kimmt zin Herrn Dokta,
recht rüstig, hin zu die 70 Jåhr,
und bringt ihm gånz unumwundn
seine recht spezielln Ånliegn vor.

„Herr Dokta, wås råtn Sie mir zi tian,
a 80 Jahrlan taat ih schon gearn wearn?“
Då Årzt frågt: „Tusch du rachn? Viel Alkohol?
Håsch du verbotne Weiberleit recht gearn?“

„Na, na, Herr Dokta, ka anziges va de Låster,
na, mit dem hån ih Gott sei Dånk nicht zi tian!“
„Jå, Månn, wieso willsch’n du dånn 80 Jåhr ålt wearn,
na des kånn ih hitz hålt amål et gånz verstiahn!“

Hilda Außerlechner, Kartitsch in Osttirol

'S Opfågeld

„Ans fürn Herrgott, ans für mih, ans fürn Herrgott, ans
für mih“,
so zählt då Pfårra die Opfågröschlan am Muntåg früah,
und ållwa zählt er aso weita, es vådroißt'n går et,
bis af amå, gånz plötzlich, då junge Kaplan dåsteht.

„Jå, Kollege, wås tusche denn då, isch des et zi viel
Müah,
du musch des gånz åndersch måchn, schau, aso åls wia
ih!“
„Wia tusch'n nåchan du?“, såg' då Pfårra neugierig drau,
„af den Trick kemmat ih hitz schon ah noh gearn drau!“

„Ih, ih påck's anfåch 's Körbl mit såmt dem Gehålt,
wirf's aufn in die Höache und wårt, wås åchafållt,
des wås obm bleib', des ghört inserm liabm Hearn,
und des wås hintåkimmt, se hån ih wo' selba gearn!“

Annemarie „Mizzi“ Tuschl, Reutte

Sie hond g'wohnt ir Nachbarschaft,
d'Frau war fei, ea eklhaft,
grad wenn's gange isch um's Esse,
hätt'sch den Kerl kenne vergesse,
bald war's ihm z'lob, bald war's ihm z'res,
ob's beim Fleisch war oder Käs',
bald noch z'sauer oder z'sieß,
ganz wurscht beim Schmarre oder G'mies,
des Weib, des hot numm g'wisst, was koche,
dem hot nix passt, dem eade Zoche.

Eines Tag's hot sie a G'miessuppe kocht,
und kummt eppas vum Fuir, isch's klar, dass es rocht,
ea schöpft sich des Sipple auf sein' Teller
und macht vor Gier den groaße Fehler,
vergisst zum Blase, was jeder kennt,
und hot sich a'ständig s'Maul verbrennt.
Vor Wuet und Weah isch ea fuirroat a'gloffe,
nebem Tisch war's Fenschter offe,
ea packt den Teller mit der Suppe
und haut sie in Garte auf die nuie Summersitzgruppe
und glei hindadrei die alt' Suppeterrine,
die sie no g'erbt hond vur Tante Hermine.

Sie will grad Kässpatze mit Salat auftrage,
siecht des und ka momentan gar nix sage,
nocha packt sie die Schissl mit Spatze und Salat,
wirft's ebenfalls in Garte, ea stiert sie a' ganz platt,
nocha set sie: „Fir mi wär's uefacher g'wese,
wenn glei g'set hätt'sch, du will'sch heint im Garte
fresse!"

z'lob ➤ *zu mild*
z'res ➤ *zu scharf, würzig*

Annemarie „Mizzi" Tuschl, Reutte

Zwoa Boxer hocke an am Tisch
und streite, wer d'r Stärkre isch.
Set der Earscht: „Tue her die Oransche,
mit zwoa Finger ka i die zemamandsche.
Was sesch? Do kasch no so drucke und klopfe,
do bringsch ganz g'wiss it außa an Tropfe!"

Der Zwoate druckt und druckt und drukt,
kriagt an roate Grind, wierd fascht verruckt,
noch fällt endlig a elends Tröpfle
außa, und fällt i des Töpfele.

Nebe am Tisch isch a Ma', na a Mändle g'sesse,
dea hot g'rad sei Schnitzl gesse.
Des Mändle, so a richtig magrer Spund,
vum G'wicht hea högschtens 100 Pfund,
hot g'frogt: „Darf i o a mol prowiere
und die Orange maltretiere?"

Die zwoa Boxer hond a'fange lache und lache,
dass ma hot achig'seacha bis in Racha.
Hond dem die furzdrucke Schelfe hig'schoba
und g'muant: „Do derfsch di ruhig austoba."

Des Mändle, des hot druckt a bissle,
noch sind fünf Tropfe g'falle in die Schissl.
Dene Boxer hot's verschlaga d'Red.
Die hond bloaß no g'schaugt reacht bled.

Endlig hond sie sich zu der Frog aufg'rafft:
„Ietz sag uns grad, wie hosch des g'schafft?"
Des Mändle hot weiter sei Schnitzl gesse
und set: „I bi iber 40 Johr beim Finanzamt g'wese."

Hilde Eppensteiner, Innsbruck

Die Schtorchengschicht

„I hab euch“, sagg der Schtorchnvater
zu seine drei jetzt flüggn Söhn,
„alls beibracht, was a Schtorch muaß können –
es könnts jetzt an an Teschtflug gehn.“

Zum Abschied no a Schnablklappern,
dann schtartn sie voll Tatndrang. –
Nach drei Tag seins erscht wiederkemmen,
der Schtorchnmuatter war schon bang.

„Na“, sagg der Vater, „tuats berichten!
Was habbs jetzt in der Zeit so gmacht?“
„I hab“, sagg drauf der Erschtgeborne,
„dem Bürgermoaschter Zwilling bracht!“

„Und i hab bracht“, sagg drauf der zwoate
a mit an schtolzn Unterton,
„der Bärenwirtin – hab mi gschundn –
an siebn Kilo schwarn Sohn!“

„I“, sagg der Jüngschte mit an Schmunzln,
„i hab mit jetzt no nit so plagg.
Hab nur der jungen FÖRSCHTERSTOCHTER
a narrisch schiache ANGSCHT eingjagg.“

Hilde Eppensteiner, Innsbruck

Bauernschlau

A Bauer isch ghockt wegn Wilderersachn.
Drei Monat muaß er im Kittchen bleibm.
„I kunnt nit alles alloanig machn“,
tuat sei Alte ihm ins Zuchthaus schreibm.
„Es gang, wenn lei des Saanen und Anbaun wär,
aber des Umackern isch für mi z’schwer!“

„Tua ja“, schreibb der Bauer, „auf dem Acker nix um!
Lass ja deine Händ davon, des wär mir z’dumm.
I hab auf dem Bodn sechs Schtutzn vergrabm.“
„De müassn“, schreib sie zrugg, „dein Briaf glesn habm.
Mit Maschinen habns geschtern den Acker umbrochn.
Von de Schtutzn habns allerdings koan no derrochn,
aber des z’untrigschte toan sie nach überschi drahnen.“

„Guat, Alte“, schreibb er, „jetzt kannsch SETZN und
SAANEN!“

Hilde Eppensteiner, Innsbruck

Quitt

„Doktr, was verlangsch jetzt du für an Zahnd außertoan?“
„Was hasch gsagg, fufzg Schilling für oan?
Nacher kunnsch mir viere reißn!“
„Na, mir tuat koaner weah beim Beißn ...“
„Des woaß i schun, dass i koan fauln hun,
aber des geaht a di nicht un!
Da brauchsch nit mitn Kopf beitln, tua, was i sag!
Da brauchts koa langs Umtoan und weiter koa Frag!“

„So – und jetzt sag i dir a WARUM,
dass i gwöllt hun, dass du mir sie außer hasch tun:
Für die Erdäpfl vorigs Jahr, zahlt hasch sie nit!
De koschtn zwoahundert Schilling, und jetzt sein mir
QUITT!“

Hilde Eppensteiner, Innsbruck

Die Oschterbeicht

Es isch die Zeit der Oschterbeicht,
und 's Beichtn isch bei Gott nit leicht,
do weils so Brauch von altersher –
die Muatter machat a a Gscher –
geaht a der Sepp mit seine Sündn,
um Lossprechung davon zu findn.

Im Beichtschtuahl sitzt der Kooperator,
der neue, und isch a ganz Ohr
fürn Lagger Seppl sein Bericht,
war viel kloans Zeug, fallt nit ins Gwicht.

Do dann, a große, schware Sünd,
de gwiß nit leicht Vergebung findt!
Er hat, geschteht er jetzt ganz offn,
gwildert und an Hirschn troffn.
Er schaug zerknirscht und reuig drein,
weil des bei oaner Beicht muaß sein.

Der Kooperator aus der Schtadt
für an Hirsch NO NIA a Buaß gebm hat.
Drum isch ihm jetzt a gar nit wohl,
was er ihm auferlegn soll.

A Weil schtudiert er her und hin,
dann kimmb ihm endlich in den Sinn:
Der PFARRER! Dem isch des nit fremd,
weil der ja seine Schafln kennt.

Er lasst den Sepp a bissl wartn,
rennt ummi glei in Widumgartn,
derzählt, was er gehört soebm,
und fragg, was dem Sünder dafür wär zu gebm.

Der Pfarrer hört vom Betn au
und sagg dem Kooperator drau:
„I hab ihm, war des Viech nit z'alt,
fürs Kilo alm VIERZIG Schilling zahlt."

Hilde Eppensteiner, Innsbruck

Der Auftrag

Kimmb a Bahnerler zum Bahnvorschteher,
sagg: „I kimm im Auftrag von mein Boss!
I soll da ganz genau den Schrankn messn,
wia hoch der isch, beziehungsweise groß!"

„Dann wart, i lass den Schrankn oer,
geahsch grad a bissl auf die Seitn!"
„Na, lass den Schrankn obm, leich mir a Loater!
Die HÖCHN will er wissen, nit die Breitn!"

Hans Hausberger, Wörgl

„Die Hös“ oder „Die Fåhrt mit der Zillertålbåhn“

Frühra håt’s für de Buam escht recht spat a långe Hosn gebn,
für jedn oiwei a Ereignis in sein Lebn.
Z’Pfingsten wår’s beim Buam vom Hias im Zillertål soweit
und voi Stoiz woit die Familie unter d’Leit.
A Fåhrt mit der Zillertålbåhn sois sei
ba an schean Weda, wårm und fei.
Da Hias, de Mam und da Bua sitz’n auf da Bånk årtig drin,
kimmt da Schaffna mit an strengan Blick und an Spitzbåscht auf’n Kinn.
„Gibscht ma zwoa ganze Kåchtn und a Hålbe für’n Buam“,
flüstert schüchtan da Våta ois hätt’ er wås valuan.
Der Schaffner schaut zum Knaben hin:
„Der steckt ja schon in einer langen Hos’n drin!“
Då wescht da Hias åba sagrisch munter,
er woaß, wås sei Frau håt unterm lången Kittel drunter.
„Ah, nåch da Hös geat dös“, moant er drauf.
Und mia ålle wissn, die Zillertaler san kritisch bei jedn Kauf.
„Auft gibscht ma und dös såg a mit stårker Stimm,
für mi mit da kuchzn Ledernen a hålbe
und für’n Buam gibscht ma a gånze Kåchte gschwind“.
Der Schaffner: Das sind jetzt aber nur zwei?
Ja, es is weg’n da Hös, då fåscht mei Frau heit frei!

Kåchtn ➤ *Karten, hier: Zugticket*

Monika Duregger, Kundl

s'Geheimrezept

Znaxt kimb mei Nachbarin dahea,
möcht sechn die Vorhäng, nei und schea.
Sitzt si zum Tisch und wundat si,
dass i mit'n Nahn so schnö gwen bi.

Nit lei dö Vorhäng find't sie schea,
sie sigg a 's Essn an Heascht schu steah,
a guata Gruch geht durch dös Haus,
es schaugg fia sie ganz gschmackig aus.

A kloane Kostprob möcht's gearn habn,
do braucht's mi ja nit zwoamoi fragn.
I stell iah 's Essn aufn Tisch
es gib' Spaghetti und Soß mit Fisch.

A sowas Guats hat s' seltn gsechn,
„Kunnst du mia nit 's Rezept glei gebn?"
fragt sie mi – z'gach – muaß schnell nachdenkn;
wia kunnt i s' grad woi glei ablenkn?

Wei dös Rezept dös is geheim
und soiats a woi lang nu bleibn.
Wei mei Tomatnsoß mit Fisch
lei aus a Nuat entstandn is.

Hab ghabt den Tag koa Zeit zan Kochn,
a d' Speis a koane gscheitn Sachn;
sand grad Dosn mit Tomatnsoßfisch heagonga
und Spaghetti, no hab i kochn ugfanga.

D'Spaghetti warn ganz schnell am Tisch
fei druntagmischt dö Tomatnsoß mit Fisch,
a guata Kas – versteht si vo alloa,
a saggrischs Griss – bei Gruaß und Kloa!

Seitdem is d' Rezeptur ganz gfragt,
hab d' Meining aba a nia gsagt,
dass dös so oafach is zum Machen,
so schnell gehen oftmals guate Sachn.

Mei Freindin woaß nit, was is los,
wart' aufs Rezept vo deara Soß.
Wen is woi fand no gab is iah,
I moa, I weads woi findn nia.

Obwoi I brauch mi nit geniern,
sie kunnt s'Rezept ja a probiern,
i sag enks glei, mia liegts an Magn,
es seids dö easchtn, diea's dafragn!

Heascht ➤ *Herd*

Franz Eberharter, Kabarattist (Lachgas), Mayerhofen

Liftkaiser

Im Gasthaus sind sich die Liftkaiser vom Ötztal und dem Zillertal schwer in die Haare geraten. Sie streiten sich darüber, wer mehr Geld hat. Am Gipfel der Emotionen schließlich schreit der Ötztaler den Chef der Zillertaler Gletscherbahnen an:

„Sal sag i d'r! I han soviel Gald ... i kant d'ganz' Welt koofe!"
Worauf der Unterländer erwidert:
„I gib ob'r nix her!"

Franz Eberharter, Kabarattist (Lachgas), Mayerhofen

Zillertaler Geschäftstüchtigkeit

Der Chef der Brauerei in Lanersbach, der Metzgerwirt Erler Thomas, soll einmal den Petrus im Himmel angerufen haben:

„Dü, Petrüs, wos tat's denn köscht'n, wemm'r an Vat'r uns'r stott 'n ins'r teglachis Broat gib ins heit' ins'r teglachis Tüxa-Bier gib ins heit' eisetzat?"

„Also mein Sohn, das ist völlig unmöglich! Wie stellst du dir das vor?"

„Alsö, Petrüs, a wiag eppas tat i wöll zohl'n. Wia kamm d'r denn vie mit a Million?"

„Nein, lieber Metzgerwirt, das geht nicht!"

„Jo und wenn i untang Tisch nö a wiag eppas drauflegat? Sog'n mo drei Millionen, ha?!"

„Drei Millionen?! Also wart ein wenig, in diesem Fall muss ich doch den Chef fragen!"

„Du, Chef, der Metzgerwirt aus Lanersbach ist auf der anderen Leitung. Der Chef vom Tuxer-Bier. Er fragt wegen dem Vaterunser nach. Sag, wie lange läuft noch der Vertrag mit der Bäckerinnung?!"

a wiag eppas ➤ *ein bisschen was*

Franz Eberharter, Kabarattist (Lachgas), Mayerhofen

Betten Rudigier

Ein Bauer aus Vorderlanserbach kommt zu einer bäuerlichen Fortbildungswoche nach Innsbruck. Nachdem er in ein paar Hotels nach dem Preis gefragt hat, ist er nun auf der Suche nach einer billigen Unterkunft. Er schlendert vom Bahnhof kommend an der Triumphpforte vorbei bis zum Landesgericht, als er plötzlich ein Schild bemerkt: „Betten Rudigier."

Der Bauer stutzt ein wenig, dann erhellt ein Lächeln sein Gesicht. Rasch betritt er das Geschäft und fragt die Verkäuferin:

„Hobt's es Bett'n a?"

„Selbstverständlich haben wir Betten auch! Das steht ja auch draußen auf dem Schild!"

„Naaa, i mua selche zun lieg'n a!"

„Natürlich haben wir auch Betten zum Liegen. Wir haben alles da! Angefangen vom Bettgestell über Lattenrost bis zur Matratze!"

„Aha, und wia schaut's mit pröbiang aus, ha?"

„Gerne, mein Herr, natürlich können Sie alles probieren!"

Der Mann legt sich im ersten Stock aufs Ohr und ist wieder weg, als die Verkäuferin am nächsten Morgen zur Arbeit erscheint. Doch gegen Geschäftsschluss kommt der Bauer wieder.

„Sö, des Bette wor iatz niet schlecht! Ob'r a wiag woach is giwes'n, a wiag woach! Hösche nicht hechtach, ha?"

„Doch, doch, wir haben auch härtere Lattenroste und Matratzen!"

„Oft bröbier i heit nö amöl!"

Am nächsten Tag das gleiche Spiel. Der Mann ist am Morgen spurlos verschwunden und kommt am Abend wieder:

„Sö, mei liab's Diandl, des Bette wor oft amöl girecht! Ob'r wia schaut's mit d'r Züahiele aus, ha?"

„Bitte was?!"

„Mir d'r Züahiele!" Mit einer Zudeckbewegung unterstreicht er das Gesagte.

„Aha, ein Oberbett meinen sie! Natürlich haben wir auch Oberbetten!"

Auch diesmal nächtigt der Bauer wieder probierender Weise. Als er am Abend wiederkommt, beschwert er sich:

„Olsö unto der Hiele woch oftamöl hellisch hoaß! Hosche nicht kialich?“

Selbstverständlich, mein Herr, haben wir dünnere „Züahielen“, äfft sie leicht genervt den Kunden nach. „Und natürlich wollen sie auch wieder probieren?!“

„Freilach lieg i heit mear do!“

Am nächsten Tag schließlich kommt die Verkäuferin früher ins Geschäft, um den „Probierer“ nicht wieder zu versäumen.

„Nun, mein Herr, jetzt haben Sie alle Kombinationsmöglichkeiten getestet. Welches Bett wollen Sie nun kaufen?“

Da reißt der Bauer die Augen auf, fixiert die Verkäuferin wie eine Schlange und fährt sie an: „Kaff'n?!? Kaff'n?!? Mit den Bledsinn fongscht iatz hoalach dü u! I hu fun kaff'n nia giredit! I bi doi Wöche do gin Inschbrügge auf an Kürse und hu m'r gedenkt, wenn i ban enk lieg, is billigar wia an an Hötel! Und an ibrig'n seid's froa, dass i fiach's tescht'n nicht v'rlong!!!“

liegn ➤ *hier: schlafen*
Züahiele ➤ *Zudecke*
kialich ➤ *kühleres*

Manfred Zöschg, Kabarattist (Luis aus Südtirol), Hall

Aus dem Alltag eines Museumsführers

Eine wahre Geschichte aus dem Ultental

Das Ultental erstreckt sich vom Nationalpark Stilfser Joch ca. 40 Kilometer talauswärts Richtung Osten bis nach Lana. Das Leben auf den Höfen dort ist hart, bietet aber immer noch ein beschauliches Dasein. Durch die Abgeschiedenheit und die daraus resultierende notwendige Kreativität gab es in diesem Tal auch besondere Gepflogenheiten mit dem Umgang des Viehs.

„Sell, wenn i enk sog wos des ischt weard es lochn. Obr es isch sou wia i enk des derzeil."

So beginnt der Schwienbacher Klaus, genannt Ganzegger Klaas, seine Führung im Keller vom Talmuseum im Ultental. In einer Glasvitrine befinden sich eigenartige Schuhe. Beim Betrachten eines Exemplares fällt auf, dass kaum ein Mensch Verwendung für dieses angebliche Beinkleid haben konnte. Der Schaft, steil ansteigend, erinnert eher an Stiefel. Die Lasche hinten mit groben Lederriemen gebunden. Das Leder auf Holz genagelt und die hölzerne Sohle mit einer Art Hufeisen beschlagen. Aber kein herkömmliches Hufeisen. Das Eisen ist mit spitzen Zacken versehen, welche bei jenem Exemplar schon ziemlich verschlissen waren. Das zeugte von regem Gebrauch. Die Aufschrift „Stierschuhe" macht die Besucher noch neugieriger.

„In Wintr", sagt der Endsiebziger mit seiner ruhigen, verschmitzten Art, „wenn di Weg zuagfrourn sei, nochr hom di Baurn decht gmiaßt di Kia zan Stiar bringan. Und zan sem homse dr Kua di Stiarschua ouglegg. Und mit dia Steigeisn seinse nochr ibr di eisign Weg bis zan Stier gongen."

Auf die häufig gestellte Frage, ob es überhaupt möglich war, den Kühen so ein ungewöhnliches Beinkleid überzuziehen, hatte Klaas selbstverständlich die richtige Antwort. „Hell... s' earschte mol isches olm a mords Gmergl gwen, bis da de Schua ibr di Kloa derwurschtlt hobm. Obr i hon gheart, daß eppes Kia schu ban zweitn mol, bol se gagschpiert hom, daß es zan Stier geat, felli selber in di

Stierschua innigschloffn sei. Eppes hom sogor gsogg, daß di ua oder di ondere Kua eppr hattn schu gwellt prabiern, selber di Schua zuazabindn, gro daßes schneller zan Stier gang. Obr sell glab i ischt lei spekuliert. Obr eppas isch sichr wohr. Weign di Stierschua sein a di scheitlen Kia za Kelber kemmen. Hoaßn tuats, daß der Stier ofteramol sou hoagla gwen sei, daßer banar bsunders scheitlen Kua komplett frie gebm hot. Zem hot ma lei gmiaßt der Tschoula di Stierschua ouleign, nochr hot der Stier sofort sei Orbat gatou. Jo woasch, wenn do a sou a Golte mit Stecklschua kimmp ... gonz onderscht isch a sou a Stier iaz a nit wia mir Mander.“

Ggmergl ➤ *Gemurkse*
scheitlen ➤ *hässlichen*
frie gebm ➤ *ruhig sein*
Tschoula ➤ *Kuh*
Golte ➤ *nicht trächtige Kuh*

Innsbrucker Parodisteln

Skikurs für eine Lady aus Tennessee

Ladys und Gentlemen, so ähnlich wie es bei uns im Sommer auf den Straßen zugeht, sou geaht’s, äh... so geht’s im Winter auf den Skipisten züa. Sie horchen amea, äh... hören nun einen originell Tiroler Skikurse für eine amerikanische Ladi, äh... Lady.

Ein Fräulein traf ich neulich an,
aus Memphis, Tennessee,
sie wog rund 100 Kilogramm
und kaufte sich zwei Ski.
Dann sagte sie „Go on, my boy,

bring mir das Wedeln bei!“
Sie glaubte wohl, dass dies recht gut
für ihre Fett’n sei.

„Hallo Lady, guat mörning! Kimm her do zü mir! Donn werd’n mir den Wedlerei do schon derpockn, sö? Teiflisch fölgen müesche holt, öftern werts scho giahn. Bergski vör, den oan a wengl zurügge, Hüftknick! Jo, so isch’s guat. Hocke, Hocke, guat – aber stell’ nit so an Scheißer ausse!“

Wir schwebten mit dem Lift hinauf,
ja, das vergess’ ich nie.
Drauf schnallt’ ich ihr die Brettln an,
dem Has’ aus Tennessee.
Doch kaum tat sie den ersten Schritt,
da ging’s mit ihr dahin.
Sie rumpelte den Hang hinab,
wie eine Fleischlawin’!

„Bleib bei mir do, du Lady! Nocha temmach nöch amol des Gleiche, sö! Tolschi-Beloschtung, de Fiaß zommen bein Skifohrn. Du hosch jo sünsch a Spür wia de Ötztoler Verkehrsbetriebe! Und wenns zu schnelle geht, dann mochesch’s eppa gor, wia Buggls Faltl, Stecken zwischen de Gritn zum Bremsen, sö!

In einem großen Haufen Schnee,
verschwand sie bis zum Grund,
ich scharrte sie mit Mühe aus,
wie ein Lawinenhund!
Sie beutelt sich den Schnee vom Kopf
und konnte wieder seh’n.
Da schrie das Weib aus Tennessee
„Ach Darling, das war schön!“

„Na, na, Lady! Leig di decht net iatz schou nieder. Denn iatz werts amer onstrengend, sö! Mir lernen iatz des Stemmen, verstehsche, ‚stemming'!" „Please, what is ‚stemming'?" „‚Stemming' isch a Kürve odar a teiflische Reibe. Mit Schnoll'nschuach an de Fiaße! „Please, what is ‚Schnolle'?" „A ‚Schnolle'? Jo, a Schnolle, a Schnolle isch eppes, sö, do isch man oftern glei drein, obr donn isch zua, sö!

Nun bracht' ich ihr das Stemmen bei,
vergeblich war die Müh',
zu wuchtig war ihr Hinterteil,
zu schwach jedoch die Knie.
Sie rutschte Stück für Stück hinab,
auf Hintern, Bauch und Knie.
Bald war sie bis zum Nabel nass,
die Miss aus Tennessee!

„Jou, Lady! Des isch decht koa Schwimmingpule! Obr wenigschtns bisch iatze fein o'gewaschn, sö? Des isch abr a da üanzige Vörteil von an sölchn Skikürse! Weil mit deina Schneamandlfigür, wearsche nia an erchtn Preis derpockn, zümindeschtens bein Skifohn."

Ich klaubte sie vom Boden auf,
rund 150 Mal!
Sie lachte „Oh, wie bist du stark!"
Da schrie ich voller Qual
„Hallo, mein Baby, ich verschwind',
das Skifohn lernst du nie!
Verbrenn' de Brettln und hau ab
nach Memphis, Tennessee!"

Ski Heil!

Gritn ➤ *Beine, Schenkel*

Innsbrucker Parodisteln

Olympiaknödel mit Salat

Mia håm uns heint wås zåmmengstellt,
ja, Leitln, do weats schaugn,
mir glabn foscht auf niachtan Mågn,
do weats des kaum verdaun.
Zu diesem Zweck voll Hinterlist,
servieren jetzt wir drei,
Olympiaknödln mit Salåt und unserm Senf dabei,
Olympiaknödln mit Salåt und unserm Senf dabei!

Olympia, der Schnee ist da,
die Schandi schreien „Oh, la la!“,
de Prominenz aus åller Welt,
de zåhlt des meiste Eintrittsgeld,
und mir kriagn für des Gaudium,
de Kartn lei mehr hintnrum,
der Lugger, des muaß peinlich sein,
kriag nit amol an Eintrittsschein,
fürn Groschup und fürn Tschou En-Lai
isch gråd und gråd a Stehplatz frei.
Die armen Schahs vom Orient,
de kemmen z' Fuaß daheagerennt,
sogar da Petrus brüllt „Hurra!“, hollaraidi,
Olympia ist da!
Sogar da Petrus brüllt „Hurra!“, hollaraidi,
Olympia ist da!

Schandi ➤ *Gendarmerie*

Innsbrucker Parodisteln

Lasst's uns den roten Anorak

Lasst's uns den roaten Anorak
und unsre Mammuts holn!
Wer heintzutog net wedln kann,
den soll der Teifl holn!
Die Berg' sind unser Gotteshaus,
soweit da Schilift tråg'!
Auf jeder Pischtn måchn mir
auf schlechte Fåhrer Jågd!

Mein schönes Land Tirol,
da Haxn muaß in Streckverbånd,
no isch uns wieder wouhl!
Schau mi lei recht siaß ån,
do sigg ma glei, wos des ausmåcht,
wenn mån Schifåhren kånn.

Der Bräuneschwung mit Tschamba-Fii
isch a a Lebenszweck,
denn unsre Berg' stehn felsnfescht,
de trog uns koaner weck.
Wir hebn de Devisnlåg
von Kitz bis nåch Tschagguns,
de Håsn aus da gånzn Welt,
de kemmen lei z'weng uns.

Mei Lady, de Barbe isch auf Glånz,
kemmt's her eis Ladys,
dånn måchn mir a doppltgschniatn Tånz.
Oh Lady, schau mi lei recht siaß ån.
Bei uns isch jeder gern gesehn,
wenn er gut zåhln kånn.

Für d'Fremden is's a Hochgenuss,
wenn s' mi fotografiern,
mei Wedlerei, mein tolln Schuss
und mei markante Birn'.
Mei Grinsn auf an soan Bild
mâcht überåll Reklam',
do sigg ma, wås ma hia im Lånd
für Eselslaggl håm!

Die Schi sind unser Stolz,
mir nemmen glei a Brett vom Hirn
noa hommas beschte Holz!
Schaut's mi lei recht siaß ån.
Bei uns isch oaner erscht wås wert,
wenn er gut wedln kånn!

Werner Pirchner, Komponist und Musiker, Hall

Text aus „ein halbes doppelalbum"

in dem bestreben, edlere werte
als hoamat, scholle und
vaterland zu besingen,
leicht veränderte
tiroler landeshymne.

dei baunzerl is oans
is a netts und a kloans
is a schians und a feins
und des baunzerl is meins

des mog i so gean
wia den honig die bärn
wia da schnellzug des gleis
wia da pfaff s paradeis

dei baunzerl is oans
so schian is sunst koans
in da nah, in da fern
is koans auf da erdn

Baunzerl ➤ *knusprige Semmel mit Mittelfurche*

Werner Pirchner, Komponist und Musiker, Hall

Text aus „ein halbes doppelalbum“

lied über nicht gesellschaftsfähige tätigkeiten,
die jedoch in trautem kreise
einem großen teil der bevölkerung,
wie man hört sogar
erzherzögen, klerikern,
amtsorganen nebst gattinnen und konkubinen,
modeschöpfern, monarchen und mördern,
sportlern und gegenpäpsten,
fleischern, selchern und wissenschaftlern,
patres, ehrenpräsid-, refer- und studenten,
tanzlehrern und ordinären pädagogen,
kunstsinnigen frohnaturen,
direktoren, erfindern und postillonen,
sowie leichen-, würden- und gepäckträgern
immer erleichterung,
oft entlastung,
manchmal zerstreuung
und nicht selten vergnügen
spenden.

a tag ohne kropf
is a trauriga tag
weil i des kropfitzn
sovü gean mag

des räuspern und speibn
des laß i ned bleibn
solang als i leb
wea i s betreibn
a tag ohne furz
is unsagbar leer
weil i des furzn
sovü gean hör

die klanggerechte dekoration
des dazugehörigen akustischen
exempels erlauben wir uns,
im vertrauen auf dero gütigste
gewogenheit, der geschätzten
imagination des p.t. publici
submissest anheimzustellen.

mei denkn im kopf
des kreist um den kropf
oba s speibn und da furz
kommen trotzdem nit z kurz

des furzen und s kropfn
und s speibn machen freid
des is halt a wahrer
segn für die leit

kropfitzn ➤ *rülpsen*

Walter Hölbling, Dialektmusikgruppe Findling, Rum

Entn aui, obm ummi

Wenn trotz Wanderkartn a Touri sich verlafft,
und oafach nit zruggfind, und sei Parkschein olafft
da war i nit verlegn und hatt glei erklärt
wias am schnellschtn und sicherschtn hoamwärts geat

Da geasch grad da entn aui, und bal obm bisch, geasch ummi
aber obacht, weiter hintn muasch enterbei vorbei
oamal muasch no arschling aussa, iatz oi, na bisch untn,
und haschs nacha no nit gfundn – nacha bisch falsch

Wo geat denn der hin, des derf decht nit sein
no deitlicher kunn is bald nimma beschreibm
Iatz pass halt au, i hunns ja erklärt
I zoag da an schleichweg, der no schneller geat

Da geasch grad herentn oi, und bal untn bisch, geasch umma
aber obacht, weiter entn muasch hinterbei vorbei
oamal muasch no rittlings eini, iatz ummi, na bisch untn,
und haschs nacha no nit gfundn – nacha bisch falsch.

Mei hat der schiach tun und's Handy ausserklaub,
an Hubschrauber bstellt bis vors Hotel Straub
Und mi mecht er unzoagn bei da Schendarmerie
er frag an Kellner: wia kimm i do hin?

Da geasch grad da entn aui, und bal obm bisch, geasch ummi
aber obacht, weiter hintn muasch enterbei vorbei
oamal muasch no arschling aussa, iatz oi, na bisch untn,
und haschs nacha no nit gfundn – nacha bisch falsch

SMS

Die Gewinner des SMS-Mundartwettbewerbs des Tiroler Mundartkreises:

Iatz amol bin ati nuischtieft gfohrn. In an lodn hat i a hosa gsechn, ober do hot a hosnbloder gfalt und der gschnelfer isch nit zua gongn. Na servus Kaiser!

Nadine Gleirscher

nuischtieft ➢ *Neustift*
hosnbloder ➢ *Hosentasche*
gschnelfer ➢ *Reißverschluss*

Nacht hot dar Gänsegeir insarn Giggela g'holt! Mir war liaba gwest wann ar mei kluane Schweschta mitgnoma hat, dia Letze isch nämli gonz schian läschti!

Lukas Demetz

I wissat gerne, wia's da geaht
I mag's wenn eppa vor mir steaht
Drum les des SMS und kimm vorbei
Du woasch, dass i mi narrisch gfrei!

Magdalena Hochenwarter

... hom sie die a gfressn, geschtern die Muggn?

Georg Schneider

Eigntlich wille la wissn wies dir geht,
und wies um di und dai Laune steht.
An schean Tog wünschi dir
und dass olls gitun isch wenn di Nocht steat vor do Tir.

Schaller Carmen

Mama i kim a bissl später;
muas nu zum Sanitäter.
Hob midn Ski an Schnee eigstochn
und ma dabei as Haxe brochn.
Also tschau dawei,
i beeil mi und kim donn glei!

Veronika Marksteiner

Auf da Wiesn hockt a Grü,
auf oamoi weads gonz stü,
auf oamoi weads gonz stad,
Kopf ogmaht!

Magdalena Reiter und Melanie Senn

A Stuihlprobe fürn Dokta muss a no her,
i woas lei net welchn Stuihl i soll nemm,
von der Kuchl oder von der Stube den.

Carmen Schaller

Hoagaschtn is nimma in,
steht eh im SMS âlls drin!
Drum wennsd wâs Neu's woaßt,
schreib mir's glei-
weil zon Zualos'n hun i nit dawei!

Gertraud Siedler

Griaß Di, wo geaschn grad um?
Schau di hoit oanfach nach mir um:
Zeascht dahei, no dahau
no dahaus und daho
iatz sigsch mi – i bin ja scho do!

Petra Primus

I bin iaz miad
und leg mi nieder,
wenn'd mi morgn brauchsch,
wecksch mi wieder.

Mag. Florian Schieferer

hoagaschtn ➤ *plaudern*
zualosn ➤ *zuhören*

Viktor Haid, Kabarettist (Herr Reindl), Innsbruck

Der Rossknödel

Der folgende Dialog spielt vor etwa 100 Jahren auf der Straße vor einem Mietshaus mit Gemeinschaftsklo und Bassena, wo sich zwei zerstrittene Nachbarinnen begegnen, Frau Huber und Frau Maier:

„Hueberin, du alter Schragen,
guat, dass i di heit d'erwisch!
I wollt dir schun a paarmal sagen,
dass i dir demnägscht oane zisch!
Allweil lasch das Wasser rinnen
vom Bassena, stundenlang,
alls steaht in der Lackn drinnen
vom Stockwerk bis zum Hauseingang!"

„Maierin halt du die Pappn!
B'setz nit in ganzen Tag des Heisl
und tua den Deckel abiklappen;
des Klo stinkt wie a Sandler-Beisl.
Friss nit soviel, du fette Schlampen,
na' war des Klo viel öfter frei,

du hasch ja schon a riesen Wampen
und Bier saufen tuasch aa für drei!“

„Du hasch dafür a Durchanander
in dein verschlamptn Liebesleben,
wo sich vom ganzen Haus die Mander
abwechselnd die Ehre geben.
Und wenn mir schon vom Heisl reden:
Pass gscheider auf dein Pinscher au!
Der macht sein Dreck – und zwar an jeden
vor meiner Tür, de Hundesau!“

„I lass mein Fiffi nit beleidign, –
isch sauberer wie deine Fratzen.
Von denen kannsch den Dreck, den räudign,
mit aner Spachtel aberkratzen!“

Da wird’s der Maierin zu bunt;
sie hebt einen Rossapfel auf,
steckt ihn der Huber in den Mund –
und einen zweiten oben drauf.

Die Huber reagiert nicht faul,
sie weiß gleich, wie sie Rache nimmt:
„Den lasch i alsch Beweisch im Maul
scholange bisch der Wachmann kimmt!“

Viktor Haid, Kabarettist (Herr Reindl), Innsbruck

Reise durch Tirol

Eine Auslandsreise ist zweifellos ein interessantes Erlebnis, aber Tirol hat auch einiges zu bieten, wie ja schon an den Ortsnamen erkennbar ist:

Z'erscht bin i mit meiner Frau aufn Patscherkofel auffig'wandert, aber da laffn so viele **Igls** übern Weg und **Patsch**! – bin i drüberkugelt, auf boade **Ellbögen** gfallen.

Nacher sein mir die Kristallwelten anschaugn g'angen, aber de sein alm so viele Leit, da **Wattens** stundenlang an der Kasse. Alls so kloane Gelbe warens – na!, koane Postautos, de kloanen Gelben mit die Fotoapparate moan i, de an Haufen Yen ausgeben. Der reinste **Yenbach** isch da gronnen. Spater warn mir beim Fritz eing'laden in **Fritzens'** Haus auf a Paarl **St. Johann**er. Aber die Würschtl waren nit guat: Hart wie a **Kufstein**, nit zum dérbeißen! Die ganzen **Kiefersfelden** ham uns weh toan. Außerdem tragt des Zeig so auf; die Hosen hats mir z'rissen: an **Vorderriss** hun i ghabt und an **Hinterriss**, so **Eng** is worden.

Da sein mir die **Grinzens** vergangen. Und so a lästiger Zillertaler war dabei; erscht hun i gmoant, er würde sich **Fügen**, dabei wars a richtige **Ramsau**! Der hat mir die Frau belästigt: Er wollt sie unbedingt **Kössen**, nacher hat er ihr sogar aufn **Kitzbühel** g'riffen! Aber i habs ihm schon g'eben! I hab'n bei der **Gurgl** packt, bei der **Obergurgl** und bei der **Untergurgl** und hab'n anständig g'**Wörgl**t! Die Frau hat mi nacher beruhigt, „jetzt tuat's nit **Langkampfen**", hat sie gsagt.

Sie wollt liaber mit mir nach Osttirol eini, weil sie g'heart hat, da gibt's so guate Fisch. War aber aa nix gscheits. Lauter Graten hat der Teifl ghabt; **Außervill-**

graten, Innervillgraten ... nit zum essen! Wenn i die **Lienz** zum Töten ghabt hätt, i hätt den Koch d'ergratelt!

Als nächstes hat sich mei Frau des Stubaital einbildet, weils da angeblich so schiane **Mieders** zum kaffen gibt. Von wegen! **Sölle Neustift** sein außerg'standen, dass' ihr boade **Schönberg** zerkratzt hat!

Dann sein mir ins Außerfern g'fahren, was uns sehr **Reutte**. Da ham' mir uns an Nesselausschlag eing'fangen; mit **Heiterwangen** sein mir hing'fahren und mit **Nesselwängle** sein mir z'ruckkemmen. I wollt na' lei mehr dahoam bleiben. Unser Bua, der Franzi, hat Geburtstag ghabt und hätt sich zu **Franzensfeste** an Ausflug nach Südtirol gwünscht. Hab i gsagt: „Ja, und i kanns zahlen – i bin nacher der **Brenner**! Außerdem hab i Südtirol in schlechter Erinnerung an mei Jugend, wie i no ganz arm war; als i in der **Gossensass**, auf meinem **Eisack**, und ausglacht ham's mi aa: **Etsch, Etsch**, ham sie gsagt ... nana, des Südtirol geht mich nix **Meran**, isch eh überall Rauchen ver**Bozen**."

Die Frau hat gfragt: „Geh' mir wenigstens zum **Vögelebichl**?" Hab i gsagt: „Nein!, mir **Brixen im Thale**! Und iatzt mecht i mei **Schönruh**!"

Daniel Lenz, Kabarettist (Die Schienentröster), Innsbruck

Tiroler Wirtshaus

B	Bürgermeister
P	Pfarrer
J	Jägermeister
W	Wirt
D	Die zwei Dorftratschen
Dt	Deutscher Tourist
R	Roswitha Die Torfschönheit (Miss Torf)
K1, K2	zwei Kartenspieler
F	Roswithas Freund

W: *(wienert Gläser)*

D: Heilige Maria Mutter Gottes, bitt' für uns Sünder jetzt und in der Stunde unseres Todes, gegrüßet seisch du Maria voll der Gnade, der Herr isch mit dir. Gebenedeit bisch du unter den Weibern und gebenedeit isch die Frucht dein Leibes Jesus …

K1: Scheaners!

K2: Hasch nicht oder was?

B: *(schaut)* Wird jetzt gegrias'd a scho nimmer!

W: Du zahlsch erscht amal die Zech von letzter Woch!

D: Ja grias di Bürgermoaster.

K1: Servus Sepp.

K2: Sepp!

B: Ja, es geht ja! Es wisst's sicherlich warum i kemmen bin …

K1: Wieso der eppa kemmen isch … ha?

K2: *(lacht)* Haaaaaa!

B: In zwoa Monat sind Wahlen und da kennt's euch ausmalen, dass meine Partei mich, wie jedes Jahr, auch heuer wieder als Spitzenkandidat aufstellen wird.

Apropos, Wahlen, neuester Schmäh. Geht der Jesus zur Wahl und fragt: „Wo muss ich mein Kreuz hinmachen?“

D: Heilige Maria Mutter Gottes.

Alle schauen blöd.

B: Ja, man hätt' dabei sein müssen.

K1: Ja fahlt's dir, ha. Draht der Schwein decht glatt zua!

K2: Schellinski war ein Pole.

W: Hoi lost's! Was haltet's denn es vom neuen Pfarrer.

K1: Wenn's mi fragts, in neuen Pfarrer, den hätt ma nit braucht.

K2: Und wenn's mi fragts, an Alten hätt ma a nit braucht.

D: *(stoppen mitten im Gebet)* Heilige Maria M... *(schauen böse zu den Kartenspielern)*

K1 und K2 schauen zu den Dorftratschen.

D: ... Heilige Maria Muttergottes ...

K1: Maul halt'n, Zent g'kalten!

K1 und K2 spielen weiter.

B: Der neue Pfarrer kennt sich ja überhaupt nit aus. Habts g'segn wie der zu Allerheiligen mit dem Weihwasser g'spart hat. Auf unser Grab isch koa einziger Tropfn gflogn. Wie soll man denn da in Himmel kemmen, frag i euch? Früher, wenn zu Allerheiligen vom Friedhof hoamkemmen bist, warsch soachnass. Mander! Oans sag ich euch: Wenns mi wieder wählts, versprich ich euch, kümmer' ich mich nicht nur um die Lebenden, sondern a um die Seelen der Verstorbenen. Bei mir kriagt a jeder kleine und fleißige Bürger sein Weihwasser.

K1: Servus, Pfarrer!

K2: Pfarrer!

D: Grias di Pfarrer!

W: Grias di Pfarrer!

B: Ja grias di, Pfarrer!

P: Grüß Gott, Bürgermeister!

B: Alles klar in der Kirche, hängt der Jesus no? Apropos, neuster Schmäh: Wer war der erste Arbeitslose?

P: Ja, wer denn.

B: Der Jesus, der isch nämlich den ganzen Tag lei ummergehängt.

D: Heilige Maria Mutter Gottes!

K2: Drei!

B: Verstehn's koan Spaß oder was. Wirt, a Bier für'n Pfarrer.

W: Du zahl'sch zerscht amal die Zech von letzter Woche.

P: Ist schon gut, mir ist der Durst jetzt eh vergangen.

K1: I geh mit.

J: Grias euch!

B: Grias die Jager.

P: Grüß Gott, mein Sohn.

D: Ja grias di Jager.

W: Grias di!

K1: Grias di Jager!

K2: Jager!

B: Kimm hock di her da. Kriagsch an Jägermeister *(lacht)*.

W: Du zahl'sch zerst amal die Zech von letzter Woche.

J: Gestern hat dei Bua wieder n'Vogel o'gschossn.

B: Was hat er denn jetzt scho wieder angstellt?

J: Gschossn hat er.

B: Ja was denn?

J: Ja in Vogel.

D: Heilige Maria Mutter Gottes!

B: Du bisch ganz ruhig. I woaß ganz genau, wie du dein neuen Landrover finanziert hasch.

P: Der werfe den ersten Stein, der ohne Sünde ist!

K1: König sein wenig!

K2: Aber obern Ober ist der Unter drunter.

Dt: Ja, schönen guten Tach auch!
J: Geh fliag decht o, schon wieder der Piefke.
Dt: Wie bitte?
J: Nix, geh hock die her und gib a Ruah.
B: Grias di, Rüdiger Tetzlaf. Hock di her zu mir. Wirt zwei Bier, der Wassersiader zahlt!
W: Du drucksch di decht a immer um dei Zech.
Dt: Ich wollte gerade zum Zirbiskogel, aber der Weg war versperrt.
J: Da isch a Mur ochagangen.
Dt: Entschuldigung? Wer ist hier wohin gegangen?
J: A Mur isch ochagangen!
Dt: Ja und wo ist sie denn dann hingegangen?
J: De isch wieder aui und holt neie Stoana, Halblapp bleder.
D: Heilige Maria Mutter Gottes.
B: Grias di Roswithale!
J: Grias di.
W: grias di.
P: Grias di, Madl.
K1: Grias di Rosi!
K2: Rosi!
Dt: Ja schönen guten Tach auch.
D: Na wie de wieder daherkimmt, so an Ausschnitt und an zkurzen Kittl. De Sau de!
R: Grias euch. *(heult los)*
P: Ja was isch denn los mit dir Madl? Wie schausch denn du drein?
R: Ich muas euch was sagen: I hab an Tescht gmacht und der Tescht ..., ja es isch so ... i bin schwanger!

B schwitzt

W putzt fanatisch Gläser

J schaut verlegen durch seinen Feldstecher

P: Durch meine Schuld, durch meine große Schuld.

K1 und K2 fallen die Karten aus der Hand.
Dt öffnet seinen Hemdkragen!

D: Heilige Maria Mutter Gottes!

W: Ja Rosi und wer isch der Vater?

R: *(heult)* Des isch es ja grad. I woaß lei oans: Er hockt da herinnen!

D: Heilige Maria Mutter Gottes.

W: Und was soll ma jetzt tuan? Bürgermeister!

B: Passts au. Des bleibt unter ins. *(zu D)* Es habts nix ghört und nix gsegen. Es haltets die Pappn *(D machen ein nonverbales „Heilige Maria Mutter Gottes")*. Es spielts weiter Karten, als wenn nia was gschehn war.

K2: Drei

K1: Vier

K2: I steig aus!

K1: I geh mit!

B: Und a jeder von ins zahlt 500 Euro s'Monat und guat isch.

W: Du zahlsch zerst amal die Zech von letzter Woche!

Dt: Tja, es war schön, es hat mich sehr gefreut! Tschüss dann! *(schleicht sich)*

J: Isch in Ordnung Bürgermeister. Das isch a guate Idee.

P: Ja, da werd i halt amal tiaf in Opferstock einigreifen müssen.

R: Recht so Bürgermoaschter, genau si mach ma's. Pfiat euch! *(geht)*

Bei der Tür draußen

F: Und Schpatzl da'zähl, haben sie's dir geglaubt.

Daniel Lenz, Kabarettist (Die Schienentröster), Innsbruck

Der Skilehrer

S Skilehrer
G Gordon Funride

S: So nocha kimm amol her da Mandl! Ah ... Hello and Goodbye. I am your Sckitietscha. To mi every say Mountain Toni, but you can also say Toni, wisout se Mountain. What I say ichs Gebot! Yes like se ten that Moses bring on the Stone...hendsches. Yes.
When I say Schtop then I mien schtop – okrischtln halt – you know. And when I say Oarschloch bleds! Then you have done bäd.
So Gordon. By Sckiing da isch da Mountenscki und da Talscki.
Always look that you ah you ah that you all in all are over the Talski. That's the secret. And make press mit di Dings, ah Sckisckus. And se Curve makes se Carvingscki.

G: And what do I have to do with those sticks?

S: Des sein die Steckn. Sckisticks. By a Curven you ah hold on se stick that you not rise a Star. What I mean isch that the stick is totally wichtig by holding, ah lass ma des. Du fahrsch mir oanfach noch. You drive just after me – but not in my After. Yes I know you warm schauspieler.
I know you are berühmt from se Fernseher but this is me sowas von Sausage. Gordon lischten.
This is a black Pischtn. Black means fun. The red and the blue one are just for Kittelplearers. Yes?

G: Ah yeah. I just wanted to say that this is my first time on skies and I beg you to be careful because tomorrow I have a very important scene, where I as Richard

Thornthworththirth the third and my filmpartner Barbara …

S: Ja laß lei guat sein. I tat sagen mir fohrn ge! Laß es oanfach tuschn. Ah, let it shower.

G: Don't we do some warm up exercises?

S: Was? Wer isch warm?

G: Some exercises to get the muscles stretched.

S: A Fotzn kannsch habn. Der oane! Horch zua iatz: also when we drive now, you have to become one wis se ground snow – snow ground. In your brain – yes, you drive in your brain *(macht Bewegungen wie Benni Raich)*. What do you see when you look down?

G: Ah Snow …

S: No not Snow du Prolet. Se hills are like a woman an se Buckelpistn is a Vorspiel – very sexy yes. Sis is what I learned at my time in the B-Kader. Remember se Pischtn is se woman and you are se man. So you show her where it goes long.

G: Okay.

S: Gscheit jetzt, intelligent! Don't ask what se liftjaggl can do for you, ask what you can do for your liftjaggl.

G: I am not sure that I got the point.

S: Und no eppas. Se snow is as hard as you fall. A paar blaue Flecken gehören dazu.

G: What?

S: Tonight eating is Gordon bleu haha.

G: Ha, ha! *(not very funny)*

S: Lischten Gordon. Sckiing is not only Sport, sckiing is a life-ding, a loud cry in the world and se Waxel is the sugar. On top. Da schaugsch ha! Und? Are you ready.

G: Honestly I am a little bit scared.

S: WAS. Angst? Wegen Schifahren? Before Sckiing?

G: No because of you.

S: Iatza geh. Brauchsch di nit unscheißen. Dont shit yourself. You are driving with a Scki-As.
G: A Ski-as? You mean Ski-as like asshole?
S: Yes yes. When they need a skias, as hol' they me.
G: Allright.
S: So Gordon lischten. You are se schwächschte Kette im Glied. So show me your drive.
G: And what exactly do you want me to do?
S: Ja schutz un a little bit und dann geht scho dahin.
G: What?
S: *(Gibt ihm einen Stoß)* Auf geht's. Up it goes. Ja, gut, na, na, na links, links, links, away from se wood, okristln! Oarschloch bleds.

Franz Eberharter, Kabarattist (Lachgas), Mayerhofen

Die Schlitterer Reibe!

Ein Unfallbericht aus dem Zillertal

Höach vereachta Tilond!

Nacht'n bi i mit mein Grattl dürch's Talal dürchaus und a d'r Schlitt'rar Reibe dö wöll zu hüsig drei. Oft is dohi gongin mit mir und mit'n Gratt'l, oft hem' m'r an Stroß'ngrob'n och'ngiteiflt. Ibach Buhgiloase hem m'r aufg'stieg'n a wia a Rakete, es Bachl hintan Buhgiloase hom m'r a nö an Flüge genommin! An Feld'l dohint'r hot's mi oft a drei a viermol ib'rschlog'n und wia i a sö af'n Dachl fun Fohrzoige zu lieg'n kimm, hu i totsächlach die Heaschoft ibach Fohrzoige vloag'n!!!

Reibe ➤ *Kurve*
hüsig ➤ *schnell*
och'ngiteiflt ➤ *hinuntergefahren/-gestürzt wie der Teufel*
Buhgiloase ➤ *Bahngleise*
vloag'n ➤ *verloren*

Markus Koschuh, Kabarettist (Der Koschuh), Innsbruck

Mir Literatn

Was, wenn mir Literatn nit des tatn, was mir tian?
Es hattets es nit schian.
Was, wenn mir Literatn nit des tatn, was mir wolln?
Des tat ins nit gfalln.
Was, wenn auf oamal jeder bei am Vers an den Achill denkt?
B: Wen moansch?
A: Den mit da Ferse.
B: War des eppa a Dichter oder so?
A: Na, du Doaschn. Der hat so a Ferse ghabt.
B: Sag i ja: a Dichter.
A: Trottl du depperta Doaschn du.

Was, wenn mir Literatn nit des tatn, was ins gfallt?
Eich lassat des kalt. Für a Weil.
Aber irgendwann kamats drau, des eich eppas fahlt.
Ja, dann tatets sagn: Eich fahlts.
Und recht hattets.

Dass de Henna guad legn
und de Heustöck toi dagebn –
Bauernleben

Lostage und Bauernregeln

Jänner

Is da Jänner kålt und weiß,
weard da Summa sicha heiß;
ist's an Dreikinig schian und fein,
weards z'Ostern kalt und unfreundlig sein.
Der Erhard mit da Hack
steckt die Feiertag in Sack.
An Sankt Sebastian
schneid't den letzten Zelten an.
St. Paulus koit mit Sunnenschei
wead as Jåhr woi fruchtbar sei!
Ist's zu Sankt Pauli schian,
weard im Herbst die Ernt' guat stiahn.
Geht da Vinzent im Schnee,
gib's vü Heu und vü Klee.

Februar

Sunnt sich der Fuchs in der Lichtmeßwoch,
geaht er für drei Wochn wieder ins Loch.
Um Liachtmeß Lerchngsang
måcht mi um den Langes bang.
St. Agatha, de Gottesbraut,
måcht, daß Schnee und Eis gean taut.
Aber oft bringt Dorothee
no am meistn Schnee!
St. Eulalia im Sunnenschei,
bring viel Obst und guaten Wei'.
Zu Mattheis geaht der Fuchs übers Eis,
findet er koans, so macht er oans.
Petri Stuhlfeier kalt weard 40 Tage alt.
Wie's Wetter in die letztn Fasnachtstag weard sein,
so stellt es sich a zu Ostern ein.

St. Roman hell und klår,
bedeit' a guates Jåhr.

März

Lacht die Kunigund,
so ist dös frohe Kund.
Perpetua und Felizitas,
bringen ins es erschte Gras.
Geht am Gregoriuståg der Wind,
so weht a bis Jakobi kimmt.
Schaut die Gertraud auf Eis,
weard dir's ganze Jahr nit z'heiß.
Wenn de Drossel schreit,
is da Langs nimma weit.
St. Josef is auf schian Wetter aus,
sunst weard das ganze Jahr a Graus!
Der Bauer ist befreit von viel'n Sorg'n,
gibt's viel Stearn am Verkündigungsmorgn.
Taut's im März nach Sommerart,
kriagt der Langs an weißn Bart.

April

Hearngunst und Aprilwetter,
Frauenliab und Ros'nblätter,
Würfl- und auch Kartnspiel
verkehrn sich oft,
wer's glauben will!
Gewitter am St. Georgståg,
a küahles Jåhr bedeutn måg.
Wenn der April Spektak'l macht,
gibt's Korn und Heu in voller Pracht.
Wenn der Guggu voar Jörge schreit,
so hat er nach Jörge Schweigezeit.
Aprilflöck'len bringen Maiglöck'len.

Regen auf Walpurgisnåcht,
håt stets a guates Jåhr nu bråcht.

Mai

Philipp und Jakob Reg'n,
bedeit' viel Ernteseg'n.
Mairegn auf die Saat'n,
da regnet's Dukat'n!
Pankrazi, Servazi, und Bonifazi
sein drei frostige Bazi
und zum Schluß fahlt nie:
die kalte Sophie.
Wia's sich um St. Urban verhält,
so ist's no 20 Tåg bestellt.

Juni

Juni feicht und wårm
macht den Bauern nit årm.
Am Medardustag weard ausgemåcht,
ob vierzig Tag lang d'Sunn recht låcht.
Regn am Medardustag
vierz'g Tag lang hålten mag.
Regn zu St. Veit
a fruchtbars Jahr ogeit.
Medardus, Margaret und Veit,
sein gfürchtet als Regnleit!
Vor Johannis Regn
bringt Segn,
owa Regn danach
bringt viel Schmach!
Auf a guates Jahr darfst hoffn,
ist der Himmel zu Peter und Pauli klar und offn!

Juli

St. Jakob nimmb hinweg de Not,
bring erschte Frucht und frisches Brot.
Ist die Muattrgottes guat übers Gebirg herkemmen,
ist dös als Schianwetterbot aufzunemmen.
Julidonner füllt die Grummetkommer.
De easchte Birn' bricht Margaret',
d'rauf iwaroi de Ernt' ugeht.
Oaner Reb und oaner Goaß
weard's im Sommer nia zu hoaß!
Ist Sankt Ulrich schian,
weard a bei Faulen s'Heu im Stadl stiahn.
Isch es zu St. Jakob dürr,
geaht der Winter båld ins G'schirr.
Werf'n d' Ameisen auf am Annentag,
a strenga Winta folg'n mag.
Ist Anna noa amal vorbei,
kimmt der Morgn scho recht kiahl herbei!

Grummetkommer ➤ *Kammer, in der Heu (zweiter Schnitt) aufbewahrt wird*

August

Hitz' an Sankt Dominikus,
a strengr Wintr kemmen muß.
Gibt's zu Maria Schnee und Regn
so ist dös fürs Korn koa Segn.
Laurenzi und Bartlmä schian und heiter,
geaht in ganzn Herbst so weiter.
An Maria Himmelfahrt, das wisse,
gibt 's dånn scho de erst'n Nüsse.
Was Juli und August nit vermocht,
weard a im September nit gar gekocht.

September

Ist's am Ägiditag schian,
weard der ganze Herbst gut stiahn.
Wenn der Herbst no donnern kann,
setz'n die Bam viel Blüetn an.
Ziagn zu Maria Geburt
die Schwalbn nu nit furt,
so wolln 's sehn,
wia im Weinmant die Bluemen stehn.
Wenn Matthäus reart statt låcht,
er aus'm Wein oft Essig måcht.
Schian Wetter am Michlståg
der Winter recht lang werdn måg.
Fåll'n de Eich'ln vor Michaeli åb,
so steig' der Summer friah ins Gråb.
A Herbst, der warm und klar,
is guat fürs kemmende Erntejahr.

Oktober

Reg'n an St. Remigius,
bringt für 'n ganz'n Monat Verdruss.
Fållt as Laub um Leodegar,
gibt's viel Frucht im nächstn Jahr.
Giaßt St. Gallus wia a Fass,
so wead da naxste Summer nass.
Is St. Lukas mild und wårm,
kimmt a Winta, dass Gott erbårm.
Oktoberhimml ohne Stern
hat warme Öfn gern.
Simon und Juda legt ma zua Last,
dass sie an Winta bringen ois Gast.
Wenn zu St. Wolfgang Regn,
noa gibt's a Jahr voi Segn!

November

Zu Allerheilgen Schnee, oh Graus!
Pack gach de Wintersachn aus.
Kimmt da Winter vor Martein,
verspricht a recht gelind zu sein.
Zoagt der November sich im Schnea
bringt er reiche Frucht und Klea.
De Elisabeth zoagt ins an,
was der Winter für a Mann.
Wenn zu Kathreini no koa Schneafall is,
donn kimmt er auf Andreas gwiss.
Wenn 's zu Andreas recht schneibt,
d' Schnee hundert Tåg noa lieg'n bleibt.
Wenn im November de Bam recht bliahn,
wead sich der Winter lang hiziagn.

Dezember

Nach Barbara geht's frosten an,
kimmt's friaga, is' nit wohlgetan.
Und Barbara im weiß'n Kleid,
vakünd't a guate Sommerzeit.
A milder Dezember mit viel Regn
bringt im nächsten Jahr wianig Segn.
Wenn St. Thomas dunkl wår,
gibt's a schönes neues Jåhr.
Windstill muass St. Stephan sein,
soll da nächste Wein gedeih'n.
Silvesternacht lind, in der Früeh Sonnenschein,
hat no seltn bracht an guetn Wein.
Wenns nit richtig wintern tuat,
weard der Summer seltn guat.

Bauernregeln

nach Franz Abler (1882–1952)

Kracht im Jänner Eis und Schnea,
Gibt's zur Ernt viel Korn und Kloa.
Kracht im Jänner nachts die Stiagn,
Braucht die Diarn im Hörbst a Wiagn.

Februar hat seine Muggn,
Baut von Eis oft feste Bruggn.
Muggn hat der Bauer a
Von Liachtmößß bis Sankt Barbara.

Fürcht fein nit den Schnea im März,
Drunter schlagt a warmes Herz.
Grad so ist's beim Bauersmann,
Um Geld gibt selbst der Grobian.

Der April ist halt April,
Tuet der Tuifl, was er will.
Weiberleut sein grad so zritt,
Aber sagen sollst es nit.

Maientau macht grüne Au
Mit viel scheane Blüemeln drau.
Aber sünst riacht die Natur
Oft im Mai nach Häuslsur.

Juni trockn meahr als nass,
Füllt mit guetn Wein das Fass.
Scheint der Mond im Juni schian,
Tuet der Bue aufs Gassl giahn.

Ist der Juli hell und warm,
Friert um Weihnacht reich und arm.
Ist der Juli hell und klar,
Kimmt die ganze Stadtlerschar.

Waht Augustwind aus dem Nord,
Ziachn d'Störch no lang nit fort.
Und solang die Störch no do,
Gibt's leicht kloane Kinder o.

Donnerts im September no,
Gibt's an tolln Winter o.
Wegnem Donnern, o du mein,
Fallt no lang koa Himmel ein.

Oktoberhimmel voller Stearn
Warme Oefn hat er gearn.
Warme Oefn tian mi lobn
Wenn mir Holz und Kohln hobn.

Schneibt Sankt Martin übern Inn,
Ist der halbe Winter hin.
Schneibt es aber später an,
Ist oft a nix Gscheites tan.

Weihnachten im grüenen Gwand
Hat für Ostern Schnea beinand.
Weihnachtszelten, Schnaps und Spöck,
Ladts mi ein, i bleib nit wöck.

Auf der Ålma, då gibt ’s Kålma

Auf der Ålma, då gibt ’s Kålma, då gibt ’s weichslbraune
Küah, idiri,
und i låss di nit in mei Hüttl, i kunnt schwårz wern von dir.
Ref.: Holla riaho, holla roidjo, holla rei holla djoidiri.

Åber Jaga, i såg dir ’s, wånnst vorbeigehst, kehrst zua, idiri,
und wennst moanst, dass i schlåf, nå wirf a Stoandl auffi
auf mei Dåch. Ref.: Holla...

Und die Sennerin håt gschlåfn, håt ’s Stoandl überheart, idiri,
und wia s’ munter is worn, da håt s’ hålt gjammert und
greart.
Ref.: Holla...

Die hohe Alm wird a scho grian

Die hohe Alm wird a scho grian,
die Vögelen singen so wunderschian.
Die Bäumelein blüahen so weiß wia der Schnee,
wann i zu mein Diandl ausgeh.

Und wia i’s auf die Alma kim
und wia so schen die Frau Nachtigall singt,
und wia i frag um a Nachtquartier,
da hat sie koan Platz g’habt bei ihr.

Is ma load, is ma load um a jeds Stäudl Gras,
des i aufn Weg zu dir z’zammtretn hab,
is ma load, is ma load um de treue Liab,
de i amal g’habt hab zu dir.

Almawassal

Almawassal, kålte Wassal,
obn hoata untn trüab,
|: hoache Bergal, frische Lüftal,
obn Sunnschein, untn trüab. :|

Ref.: Holadi ridio, holadi ridio, holadi ridio holadi ridio,
holadi ridio, diridi, ridio holadi ridio, frisch auf der Alm.

Almableamal, schöane Bleamal,
grüane Blattln, roate Blüah;
|: Almadianal, schöane Dianal,
roate Wangal, gspitzte Knia. :|

Almadianal, schöane Dianal,
Almadianal sein fein,
|: roate Wangal, blaue Äugal,
schwårze Sternal mittn drein. :|

B'fiat di Gott, scheane Alma

B'fiat di Gott scheane Alma, b'fiat di Gott du schean's Gläut
trallala drae hollaro drae hollaro drea diri
b'fiat di Gott du scheans Diandl, ja du hast mi gefreut
trallala drae hollaro drae hollaro drea diri
holdio dri holdi dre holdio dri holdio,
dri holdio dri holdi drai holdio, frisch auf der Alm.

B'fiat di Gott scheana Jaga, und du bist jetzt dahin, trallala...
meine Augn stehn im Wassal, load is ma um di, trallala...

Heint giahn mir's auf die Alma

Heint giahn mir's auf die Alma,
weils Wetter is so schian,
und da will nu kalt an iader Bua
zu seiner Sennrin giahn.

Ref.: Holidie, di ridie, ho lidiria, hollaradiaho.

Die Sennerin hoaßt Liesl,
is gar a saubers Madl,
hat köstnbraune Äugelan
und saggerische Wadl.

Zwoa dunklbraune Äugelan,
dös Ding, dös war so rar,
und war's denn nit a lustigs Leben,
wenns aft mei Diandl war.

Gertrude Schrott, Landeck

OLLMOBTRIEB

'S KUAHGLOGGAGLEIT ISCH VIR
AUS DAR OLPKUCHATIR
KUAN KASMUASGRUCH MIA
D' MOSSBEEARBLATTLA
SOU ROAT WIEA FUIR
HEIND Z'NOCHT
GFRIERA
DIE LESCHTA BLIAMLA

Gstanzln

Auf d' Alm bin i gstiegn,
habs Deandl gfragt ums Liegn,
gar spöttla hats gredt:
sie hätt Fleach drein im Bett.

Gar oft steig i auffi
zum Hoangascht zu ihr,
liabs Diandl dei Alm,
die g'hört zu mein Revier.

Und in mein Revier
is a jede Gams mein
und es wird mit die Diandln
a nit anders wohl sein.

Auf der Alm is koa Bleibn,
tuats bald regnen, bald schnei'n,
und bei der Hütt is koa Sein,
zieht der Wind aus und ein.

Die Sennrin auf der Alm,
die kocht sich a Muas,
und hat sie koan Löffl,
dann rührt s' mit dem Fuaß.

Pfiat di Gott, liabe Alma,
pfiat di Gott, mei liabs Haus,
pfiat di Gott, mei liabs Diandal,
mit der Liab is wieder aus.

Hoangascht ➢ *Gespräch, Ratscher*

Bauernmadl
Volkstanz

1. Bauernmadl, Bauernmadl, d'Spielleut machn auf,
Bauernmadl, Bauernmadl, tanz ma no oan drauf,
Bauernmadl hin und Bauernmadl her,
ja gibt's denn auf der ganzen Welt koa Bauernmadl mehr?

2. Bauernmadl, Bauernmadl, am Tanzbodn is's so schea,
Bauernmadl, Bauernmadl, miass ma tanzn geah,
Bauernmadl ...

3. Bauernmadl, Bauernmadl, drah di schea flott um,
Bauernmadl, Bauernmadl, de Zöpferl fliagn herum,
Bauernmadl ...

4. Bauernmadl, Bauernmadl, drah di hea zu mir,
Bauernmadl, Bauernmadl, a Busserl gib i dir,
Bauernmadl ...

5. Bauernmadl, Bauernmadl, scheane Ringerl tragn's,
Bauernmadl, Bauernmadl, alle Buama sagn's,
Bauernmadl ...

6. Bauernmadl, Bauernmadl, Madln gibt's gar schene,
Bauernmadl, Bauernmadl, aber viel zu wenig,
Bauernmadl ...

7. Bauernmadl, Bauernmadl, drah di nua im Kreis,
Bauernmadl, Bauernmadl, zu da lustig'n Weis,
Bauernmadl ...

8. Bauernmadl, Bauernmadl, tanz mit mia amal,
Bauernmadl, Bauernmadl, tanz ma durch ’n Saal,
Bauernmadl …

9. Bauernmadl, Bauernmadl, d’ Musig fangt scho u,
Bauernmadl, Bauernmadl, kimm, jetz geahn ma’s u,
Bauernmadl …

10. Bauernmadl, Bauernmadl, d’ Musig spüd scho auf,
Bauernmadl, Bauernmadl, tanz ma nu oan drauf,
Bauernmadl …

11. Bauernmadl, Bauernmadl, geahn ma nachher ham,
Bauernmadl, Bauernmadl, sag nix deiner Mam,
Bauernmadl …

12. Bauernmadl, Bauernmadl, renn ma net davon,
Bauernmadl, Bauernmadl, ja, i find di schon,
Bauernmadl …

13. Bauernmadl, Bauernmadl, mit dir gibt’s a Gscher,
Bauernmadl, Bauernmadl, mag di nimmermehr,
Bauernmadl …

Grasausläutersprüche

Mia wünschn enk vü Glück und Segn,
dass de Hena guad legn
und de Heustöck toi dagebn!

Hena ➢ *Hennen*

Griaß Gott, es Manda- und es Weiberleit,
de Gråsausleita kemman heit,
mia ziachn mit ins're Gloggn va Haus zu Haus
und treibn de besn Geista aus.

Mia wünschn eich für Haus, Hof und Feld,
dass ois guad wåchst und ois gedeiht,
gsund soit's bleibm a enkan weidan Lebm,
då soi da Herrgott sein Segn drauf gebm!

Mia dånkn eich und wünschn eich vü Glück und Segn,
bei Dunna, Wetta und bei Regn,
huach drobn auf da Oim,
bei de Kiah und bei de Koim.

Rosi Lochmann, Langkampfen

Perchten

Wissts es eh de Angaberga?
Noch da easchtn Gfria geht's u.
Lorvn schiache, schwarze, braune,
wüde Goaßbockheandl dru.

Und fias Gwond wean Bratschn buntn,
schwar und dick is so a Gwond.

Gor a Blechkist und an Trummla,
so, iatz waar scho ois beinond.

Und so kemmens zomm, de Manda,
Wer mocht d'Hex, mit wöchan Huat?
Jo, a guada Reisigbesn
und a neia Schurz waar guat!

Kam is Togliacht bloach und diesig
heat mas scho: „Bawumbumbum!"
Und im Newi siechst es kemma –
longe „Passn" ziachn um.

Vorn de Hex, de roit und kuglt
mitn Besn in da Hond.
Hintnoch schware, dicke Perchtn
Lorvn, Heandl, Bratschngwond.

Und sie trummin oiwei lauda,
longsom, longsom schwatschtls noch.
Und de Dorfleit schaugn dadotat,
gor de Kinda san nu woch.

Jo so ziachn wüde Perchtn
üban Angaberg bis heit.
So am Ufong vom Dezemba,
scho seit longa, longa Zeit!

easchte Gfria ➤ *erster Frost*
Lorvn ➤ *kunstvoll aus Holz geschnitzte Masken*
Perchtn ➤ *brauchtümliche Gestalten, die hier gemeinten treten vor allem im Tiroler Unterland in der Zeit vor St. Nikolaus auf und tragen krampusähnliche Masken und ein Gewand aus Stroh*

Hilda Außerlechner, Kartitsch in Osttirol

Niggilan båchn

’s Moidile håt heint et zu redn dåweil,
es mus sih jå sovlant wilde beeil,
guita Niggilan will’s schnell båchn giahn,
håt’s Mehl schon nebm ’m Hearde stiahn.

Sålz, Milch, Zuckå, va Germ a Stöckl,
’s Dampfl muss augiahn zi am fein’ Höckl,
Anis, Schnåps odå Rum gråd a bissl,
nåh ’n Tag fest å’knetn in a Schüssl.

A bissl muss des Gånze amål råstn hitz,
’s Moidile richtet Schmålz, stellts af die Hitz,
die Niggilan san gipitscht und getriblt,
hoff’ntlich isch ihnan ’s Au’giahn et våüblt.

Bua, die Niggilan steign au im haßn Fett,
då isch’s Zuischaugn allane schon nett,
a Flegge voll Kråpfn hat ’s Moidile gebåchn
und kånn va Stolz und Glücksealigkat låchn.

Innand drinn hohl, außand wia Gold,
a jedå Baur aso a Moidile håbm sollt,
dem die Niggilan sovlant guit giahn –
frei schåde zi essn, – lautå schian.

sovlant ➣ *sehr (wörtlich: so viel)*
Niggilan ➣ *kleines, süßes Schmalzgebäck*

Hilda Außerlechner, Kartitsch in Osttirol

Die Tråcht

Gearn leg ih sie un, mei' schiana Tråcht,
weil sie mih anfåch recht ståttlich måcht,
hån sie selber genaht mit sorgfältiger Hånd,
so wia sie einst gewåchsn isch in inserm Lånd.

A Tråcht, sie låsst die Liabe zur Hamat spürn,
will hin zu Vergångenheit und G'schichte führn,
lebt als wertvolle Tradition weiter in insrer Zeit,
isch's edelste Gewånd für Mander- und Weiberleit.

Berta Margreiter, Reith i. Alpbachtal

Sunnwendfoia

Sunnwendfoia
leichtn weit –
is a Brauch
aus oita Zeit.

Hoach van Berg
überoi –
leichtn sie
ins tiafe Toi.

Voia Schneid
junge Leid –
springan drüber
voia Freid.

Frische Dian
und kecker Bua –

bring dei Herz
nid aus der Ruah!

Foiafunkn
roade Gluat –
brennathoaß
des junge Bluat.

Sonnwendfoia
gloost no long –
gloost no aufm
Hoamwärtsgong.

Is Johanni
nimma weit –
do fongt uu
die Summerzeit.

Anna Otto-Härting, Telfs

Palmsunnti

„Pålmalåtta trågen, Liachtl austrågen!"
Sou riafen die Buabn und derreissen si' går
Um d'schianšta n' und d'längšta n' in huirigen Jåhr.

Buxbam, Zedern, Efeu grüan,
Katzlan vu die Pålmen stiahn
Bsunders guat zun Zuig.
Bröitzlan, Öpfel, geal und roat,
Ålta Schützenböster, broat –
zwoa, drei, vier, fünf Gulden schwar,
Åber 's Silbergfass' išt – laar.

Seidenbänter, Glånzpapiar –
’s Büabl riaft: „Gkhöart ållszåmm miar!“
’s gånza Zuig auf d’Låtta kimbt,
Weard schian g’wundn, bis es stimbt.

Auf’n Åbend ward bådet – ob’s’n Schualpreis schua galt’ –
Jå ’s Büabl weard morgen der schianšta vur Walt.
’s weard gschnigelt und gštrigelt und gribelt und glåcht –
Båld wurad in Wåsser Purzigagela gmåcht.

In eingmauertn Kaštl išt åll’s schuan beinånd –
Ma staunt über Muatters gottgsöigneta Hånd.
Aus oagenan Gspinnšt sein die Strümpf und die Pfoat,
Bein Anzügl išt u’trågn zun Wåchsen, hatt’ Noat.
Die grutzgnaten Stiefel sein akkrat sou nui
Wia dr Huat z’såmtn Spielhaggl, schian und juhui!

Und’s Schneuztüachl ist gmarcht, ma kunns brauchen
vielleicht,
Der pearlmuattergrållena Bettn išt gweicht.
Jeatz weard nou ålls gmuštert und oarndli gstöllt,
„G’lobt s’ses Chrištus, guate Nåcht!“, a guats Wötter
weard bstöllt.

In Pålmsunnti früah z’morgats, da kimbt schua der Göit,
Dear’s Büabl gschwind frågt, ob’s woll d’Låtta dertröit.
Es håt jå vu Våter und Muatter die Kråft,
Steaht salber nou kniatiaf in saubersten Såft!
Ua Pålmlatta kimbt nåch der åndern dahear –
Durch’s Dorf o, då köiman nou ålleweil meahr.
’s schaugt aus wia a blüahetar Gårten, sou schian,
Wenn Büablan und Göitn mit Pålmlåtten giahn.

Wia nåchha die Pålmweich ir Kircha vorbei –
Då tråchtet aniader um's Drunköiman glei.
Die Kirchtür geaht au und der Umgång höbt u',
Aus Ölzweig und Pålmen tröit jeder sein Fuh.
Der Umgång stråhlt Frieden und Fårbenprácht aus,
G'luštwåndelt weard dreimal um's heiligšta Haus.
Die Gloggen verkünden die Fröiden dazua,
Mit Kråft und mit Stolz tröit sei Låtta der Bua.
Die G'wåchs'nen måchts staunen, döis išt åber wåhr,
Sou schian wia dear Umgång išt n i c h t, 's gånza Jåhr!

Nåch'n Åmt tuat der Göit sein kluan Risen huamfüahrn,
Die G'schwištertlen wårten und mächten probiarn.
Und håt sig aniader nou g'mössen darbei,
Då išt ma derleichtert und vöigelafrei.

Der Vater lobt ålla n'und b'Muatter darmit,
Jeatz geaht nu' id Stuba, måchts flingg enkern Schrit.
Für's Büabl håt d'Muatter an ei'gschlågens Oa –
Der Göit åber kriagt für'n Beiständ går zwoa.
Es schwimmt ålls in Fröiden und d'Oar tiaf in Schmålz,
Soll freili sou bleiben mit noatwendign Sålz.

geal ➢ *gelb*
grutzgnaten ➢ *knarrend, knarzend*
akkrat ➢ *ausgerechnet*
Göit ➢ *Pate*
dertröit ➢ *zu tragen vermag*

Bin a frisch Schwaizermadl

Bin a frisch Schwaizermadl, drallat senn meini Wadl;
i fahr dar Alma zua, melch meini Küah.
Kimp glei dar Hüatarbua, schreit mar vun weit'n zua:
„Schwaizerin, Schwaizerin, du liegst mir im Sinn!"

Ref.: Holadio, holadio, dulje di di ri di a ho! Holadio,
holadio, holididio!

Wann i vor der Hütt'n steh und bei mein Viech nachseh',
und bal i kasn tua, hun i koa Ruah.
Kimp glei dar Jagarbua, schreit mar vun weit'n zua:
„Schwaizerin, Schwaizerin, du liegst mir im Sinn!"

Wann send die Berg voll Schnea, fahr ma zün Land
und da wear ma mit dö Bauernbuabn a mehr bekannt.
Kimp glei dar Bauernbua, schreit mar vun weit'n zua:
„Schwaizerin, Schwaizerin, du liegst mir im Sinn!"

Schwaizermadl ➤ *Sennerin*

Hans Haid, Längenfeld

mein großvater	mei neene
treibt	treibet
alle jahre	olle joor
mit einem stecken	mit an schteckelan
seine schäflein	seine suugelen
horla leck	höörla leck
horla leck leck	höörla leck leck
so meine kleinen schafe	sö meine suugelen
jetzt geht es	ietz geats
wieder hinauf	wiidr auhn
mein großvater	mei neene
treibt	treibet
alle jahre	olle joor
mit einem	mit an
bändchen	pantlan
um den hals	ummen holse
seine schäfchen	seine suugelen
kommt nur	keemet lei
kommt nur her	keemet lei hea
rund herum	drummumha
in den bergen	in pargnen
hängen an	hängen an
den seilbahndrähten	soalboondraatnen
seine schäfchen	seine suugelen
horla leck	höörla leck
aus dem dorfe vertrieben	asn darfe vrtriibm
dort grasen	deet groosn
so meine großvater	sö mei neene
die böcke ...	di pecke ...

Hans Haid, Längenfeld

bauernhaus	**paurnhaus**
windrad am dach	wintraadle an doche
im keller erdäpfel	in kaldr earepfle
in der wiege	in dr wiegen
die es nicht mehr gibt	dies numma geit
ein kleinkind	a pöüppele
auf und auf vollgeschissen	au und au völlgschissn
der herrgottswinkel	dr herrgöüttswinkl
in der stube	in dr stuuben
ein dunkles getäfel	a dunkles getaafele
einen rosenkranz zwischen	a nuschtr zwischen
den fingern	fingrn
perlen zählen und beten	grollen zäln und betn
die küche	di kucha
daneben die stube	drneebm di stuuba
dahinter der vorratsraum	drhintr is gaadele
kellerdeckel	kaldrluck
eine menge fliegen in der	an haufn flüigen in dr
küche	kuchen
erdäpfel im keller	earpfle in kaldr
windrad auf dem dache	wintraadle an doche
eingesottene preiselbeeren	inngsöütne granten in gaa-
im vorratsraum	delan
ein herrgottswinkel	a herrgöütswinkl
ein kleinkind	a pöüppele
auf und auf vollgeschissen	au und au völlgschissn
in einer wiege	in ar wiegen
die es nicht mehr gibt …	dies numma geit …

Hans Haid, Längenfeld

beim spinnrad **bein spinnraadlan**

in der stube in dr stuuben
neben dem ofen nebmen öüfn
sitzt die großmutter höcket naale
ruhig, klein riewig, kloane
nur die hände lei di hänte
alt und müde olt und miede
rechts einen faden rechts an foodn
links einen faden linggs an foodn
streifen, drehen stroafn, drahn
groben faden wirchan foodn
es surrt, schnurrt is surret, schnurret
und es brummt und is brummet
der fuß, der rechte dr füeß, dr rechte
liegt ganz sanft leit gonz klüege
drückt, hebt drucket, hebet
rädchen rennt raadle rennet
knäuel, spule knüidl, schpüela
faden, wolle foodn, wölla
der fuß geht ruhig dr füeß geat riewig
langsam, ewig ... longsom, ewig ...
rädchen rennt raadle rennet
großmutter spinnt naale spinnet
feine wolle feine wölla
weiß und fein weiß und klüege
großmutter spinnt naale spinnet
großmutter denkt naale denket

jährchen rennen jahrlen rennen
stunden fliehen schtuntn fliehn
leben kommt lebm kimmet
leben geht lebm geaht

eines wie das andere	oas wie's oane
braucht hände	brauchet hänte
fein, zart	feine, klüege
denk ans rädchen	denk ans raadle
und an die großmutter	und ans naale
sei so klug	sei sö klüege
weich und fein!	woach und feine!

Ös isch schu viel, viel Jahr hea – G'schichtln und Geschichten

Nacherzählt von Christa Astl, Buch bei Jenbach

Die Sage vom Achensee

Då, wo jetz da Achensee is, weascht dazöhlt, wår amoi a scheans ståttlichs Dorf. Rund umma wårn Wiesn und Föida, wo ois gwaxn is. Und oinan is' guat gånga und d'Bauan wårn reiche Leit.

Aba wia's hoit so is, wenns Göid z'wichtig weascht, vagessns aufm Herrgott. D'Zeit wead liaba mit Kartnspü'n vatu und g'lost wead meah auf d'Würfl wia auf de Predigt. An gahling is's an Herrgott z'bled wordn und wia an an hoachn Feiatåg d'Manda sogår in da Kirch eahnane Spükårtn außazogn håm, håt er si denkt: Jetzt glångts! Er håt vom Bodn's Wåssa auffadruckt, bis Wiesn, Föida, Haisa und sogår de Kirch übaschwemmt wårn und oi Leit datrunkn san. Und an dea Stell is da gruaße Achensee entstånd n.

Wenn da See gånz klår is, ku ma no an goidan Kirchturm untn sechn. Und wenns recht stad is, hean månche Leit sogår 's Zwölfeschlågn auffa.

an gahling ➛ *mit der Zeit, dann*

Da Beargspiagl

Sage aus dem Paznauntal

Amal ist auf Versing doba a Hiart gwößt, der hat äs Tags untarm dunta a Mandli g'söhn; dös Mandli hat alli öpas z'erbadat beim a Brünnla. Doa dönkt am dar Hiart: „Jatz möcht i döcht wissa, was dös Mandli tuat", und geaht darzua ahi. Doa fößt dös Mandli alli Sond us am Brünnli usa in an Sack und söt zuem Hiarta: „I will dar o döpas z'verdiana göba; geah äs nagst Jahr, voar da aus der Alb föhrst, geah wiedar zu döm Brünnla, dönn wearst's zudöckt finda, dönn ruast die Bröttla a wöck, druter sin zwoa Drögla, die voll Sond sin; dö Sond fössest in und geahst ga Benedi darmit und frögst miar nach und bringst mär dö Sond, i wear di guat bezahla dafür."

Was dar Venedigar un Hiarta auftraga hat, dös tuat er. Er geaht zum Brünnla hin, findet die Drögla, fößt da Sond in und kimmt darmit ga Venedi. Dort frögt 'r döm und döm nach, doa weist man'm zu ama Palast hin, dear hat ausg'schaut wia a Fürstapalast. Und wia ar zu den Mandla kimmt, doa hat's gonz änderst ausg'schaut äs im voariga Jahr auf Versing; a Hearr wie Fürst, umgöba von 'nra Dianarschaft. Da wartat ma döm Hiarta auf mit da bösta Speisa und mit Wein, und voar ar gänga ist, ist ar no reichli mit Gold bezahlet worda, und doa söt der Hearr no zuam Hiarta: „Witt no söha, was dein Weib daham tuat?" – Wia der Hiart ja söt, bringt der Hearr an Spiagl und heißt'n drin schaua, und doa hat ar deuli g'söhn, wie sie die Kindar putzt.

Und wia ar ham kimmt, hat ar'm dönkt: As künfti Jahr will i für mi sald dö Sond holn und will'n verkofa; aber wia ar wiedar dö Sond holn will, hat ar wödar Sond noch Brünnli mia g'funda; und seidar hat die Drögla und da Goldsond niamad mia g'funda; und dear Spiagl, dö der Venedigar un Hiarta zagat hat, dös is a Beargspiagl g'wößt, durch dö söcha d' Venedigar d's Gold in da Bearg und überall hin, wo sie wölla.

alli Sond ➣ *den ganzen Sand*

Der Tuifl und der Baur

Sage aus dem Ötztal

Amol hot oar mitn Tuifl an Pockt gschloßn um die Seal. Ear göbn de Seal, hot er gsöt der Baur zum Tuifl, wenn arm is Staar Linsat wieder zamat klaub, dös ar übr an Schrofn auslart. Do hot der Tuifl freila gelochet und hot si gedocht, die Linsat wear i bold wieder beinander hobn. Der Baur hot is gonze Staar voll übr an Schrofn ausgeschüttet bis af zwoa Kearnlen, die ear hinter den Fingernogl verstöcket hot. Der Tuifl hot es Staar Linsat vold wieder voll gehob und ischt zum Baur kernen darmit und hot gsöt: „Do hoschte de Linsat wieder und de Seal gheart mier!" „Du host no nit olle!", hot ar gsöt der Baur und hot die zwoa Kearnlen gezoaget hintern den Fingernögeln, „mit der Seal ischt nuicht!" und der Tuifl hots verspielt.

Staar ➣ *altes Maß*
Schrofn ➣ *zerklüfteter Fels*

Der Rumplbocher Schmied

Sage aus dem Ötztal

Starbn hatt ar gsöllt und es ischt der Toat ze ihn kernen; den hot ar orgschlogn, nocha ischt der Tuifl kernen; den hot ar in an Sock gfoßn und aufn Ompos solöng derschlogn, bis arm versprochn hot, ihn umkeit ze loß. Dernoch hot arn ausgelot. Galign hot ar ober döcht gemiescht starbn. Nocha ischt ar vor de Himmeltür kernen, do habn'sn nit ihnhn gelot. Nocha hot ar devoarat geworschtet. Galign ischt döcht a Klippe aufongen vo der Tür. Durch dös Kupple hot ar is Fürfeal inhn geworfn und ear hot dinnat d'Engle gehearscht köglen. Dös Fürfeal hobsn d'Engle nit gemocht auklaubn. Nocha ischt ar salt ihnhn derzue und hot gsöt: „Mei Eigentum will i hobn!“, und ischt draugehocket. Do hobs si d’Engle gedocht, wie kannt man ietz den wieder außnbringen? Und hobn’en gemochet de Kögle austölln und de Kugla zrugge tien. Ietz hobn se mit Fleiß de Kugla durch de Tür außngeköglt und der Schmied hot gemiescht nochngean, derweil hobn se de Tür zugschlagn. Jetzt ischt der Schmied holt wieder devoarat gewösn. Do hot ar ober nebn ihn an Haufn Sogmeahl gseahn vo dem hot ar sich a longes Soal gemachet, söd ischt ober ze kurz gewösn bis a de Walt oaha. Ietz hot ar got a Mugga gseahn doheafliegn, die hot ar gfohn und derschlogn und hot vo ar viel tausig Ölle longe Darme außagehoschpelt. Af den zwoa Sealrn hot ar sich oaha gelot. Ietz sein se ober no ze kurz gewösn; is übrige Stückl ischt ar nocha gehupfet. Dernoch ischt ar wieder in sein Dienst getrötn und hot weitar geschmiedet.

galign ➢ *dann, mit der Zeit*
Fürfeal ➢ *Schürze zum Schutz der Kleidung*
köglen ➢ *Kegeln*

Die Aldranser

In Aldrans – so erzählt die G’schicht’ –
sei g’wes’n in aller Zeit,
grad um Martini alle Jahr
a groaße Festlichkeit.

mit Musig unter Pöllerknall
geaht um die Prozession,
Schualbuab’n, Schütz’n, Kranzjungfern,
die Feuerwehr hint’n dran.

Inmitt'n von dem langen Zug
der Pfarrer unter'm Himm'l,
und hinterdrein in würdiger G'stalt
Sankt Martin auf an Schimm'l.

Amal passiert's, da ist im Dorf
koa Schimm'l aufzutreib'n,
so hätt' natürlich auf die Weis'
das Fest müass'n unterbleib'n.

Die Bau'rn steck'n die Köpf' drum z'samm'
und rat'n her und hin
und trink'n wolten Wein dazua –
da kimmt oan was in Sinn.

Sie ziech'n aus 'n Stall an Braun,
bind'n an die Kripp' ihn d'ran
und pemseln ihn von Kopf zum Schwanz
mit weißer Farbe an.

Und 's Fest werd g'feiert, 's Dorf ruckt aus
zum Umgang und zum Seg'n,
und jeder denkt: A so an Schimm'l
hat Aldrans no nia g'seg'n!

Jetzt, wie dö Fei'r dann ummer ist,
hängt man den Schimm'l an' Zaun,
schleppt Kübl und Kroate Bürst'n her
und wascht ihn wieder braun.

Dös ist koa kloane Arbeit g'wes'n,
hat sie toll z'schwitz'n g'macht,
die Rotzbuab'n sein drum ummerg'stand'n
und hab'n recht hoamlich g'lacht.

Seitdem ist aa in Aldrans drob'n
koa Martin g'ritt'n mehr,
aber „Schimmelfarber" huaßt man sie no,
obwohl 's schun so lang' her!

Der Patriol Putz

Sage aus dem Stanzer Tal

Z'mitlat in Verwall steat die Brontawei Hütta; röchts geat ma in Schüa-Verwall und linx inha in Vasul. Darzwischat steat der Patriol Bearg. Do ist amol a Kuahiart gwösa, a recht a faular. Iatz hot ar a gänzi Kua ghöt. Wenn ar gmuant hot, ar hei iatz an Rua, hot ar wiader vorli müssa wöara geahn und dia Brauna ist schua wiader weit imma gfarliga Rinnar doba gwöst, und alle Küa hintadrin. Dös hot am abar darloadat, und ar hot am denkt, du Besti, diar will is mocha. Iatz hot er an Boam gschunta, und dia hahl Rinda hot ar zöberft in dö gacha Rinnar glöt. Richti ist die Brauna holt wiadar dardurch au. Wia si obar af d'Rinda kömma ist, ischi gschlüpft und zu vial kläna Bröckla ocha gschossa zum Bach. Seidar muß ar zu gwissa Zeita d'Kua aucha trogn, as man quara heart bis zur Brontawei Hütta. Wenn ar su doba hockt, lat ar an Juzar o, daß as oam reacht dur Mork und Boa ausgeat, und nocha schuist d'Kua wiadar ocha bis afa Boch. Aniadar Hiart mocht worli 's Kreuz und fürchtat am da tüchtig awög. Wenn's schiach Wöttar wöra will, heart man jola, as es in d'a Wand hildarat.

Rinnar ➤ *steiler Abhang*

Wia da Schwårzsee bei Kitzbüchö entståndn is

Sage aus Kitzbühel

Auf den Bodn, wo iatz da Schwårzsee is, då is vor åitn Zeidn, will nou 's Wünschn und 's Fluachn öbbas g'nutzt håt – 's Fluach'n freia fi nix guats – a schöna Tannwåid g'standn, wia's d'n hecha landei und -aus nit g'sechn håst.

An Wåid inn' is schadig und sei g'wesn und unter an weißbåschting Stämm is a Wassal g'rieslt, aus da Weis' guat und frisch. Nit weit davu san zwoa gråußi Bauangüada g'ståndn. Dö B'sitza davu håm an wening Bick g'håb aufanånd.

Do is amåi recht hoaß g'wösn, und da Baua vu den rechtsseiting Hof gcat durchs Gstreich eini zou Brindl, huckt sö nieda, wischt sö an Schwitz å und lässt sö 's Wassal schmöck'n.

Wia ra aso a den schön Wåid eini schaug und ehm dö Kühai so woi duat, schwizt auf da hoaßn Låudstråss außt sei linksseitiga Nåchba dahea.

Dea rennt a auf'n Wåid zua und schmeißt sö zun Brindl zuachö af's Moos. Åft ficht a eascht sein Nåchban. „Ah, da Nåchba a do", sågg a, „wia gfåit's da an mein Wåid? Taug da dö kühai Luft und dös guat Wåssa?" „Åcha, nebn zua g'schossn", sug da'r anda, „wenn da Wåid is, dös weascht glei sechn. I ku das durch dö åitn Schriftn weisn, das mei Nöhdl scho von zwöftn Grud hea do Stamm g'schlåg'n håt."

Und mit den håt da Streid aghöbb. So håm g'stridn und kraft, bis dö gånz G'schicht vaus Kricht köma is, und dassn hat den an Wåid zuag'sproch'n, dea 's Recht drauf mit dö Schriftn weisn kina håt, und döstweng håt'n da Baua von rechtsseiding Hof kriag.

Dar oa, den da Prozess an Haufn Geid kost hua, ha a par Wochn umma g'schtriddn und g'fluacht, wia da leibhuftigö Satan und ba ain Toifön g'wunschn, dass da ganz Wåid zi Wassa wean soi.

Den oan Tåg wia da Baua, dea an Prozess g'wunga hat, a da Früha vi du Thüar außi geat, hat a koan Waid und koan Nuchbar meha g'sechn und dafi lauta Wussa.

Iah nu b'hauptn d' Leid, dass ma, wenn da See klar is, dö Bam und an Fluacha sein Hof untan Wåssa aufaschaugn sicht.

kraft ➣ *gerauft*
åft ➣ *dann*
Nöhdl ➣ *Oma, Großmutter*

Da Hindastoasee

Sage aus Söll

Ba ünsa Nochbargemoande Scheffa, wo ma vo Kopstoa üwan Hindastoa acha kimp, nit weit von Wallfahrtskirchl Bärnstatt, send a moa drei Bauanhoamada g'wesn, is scho long hea, recht großö und nembei kleinarö hübsch oa; diasn soud scho nu, aba wo dö großn drei g'wesn sönd, is iaz a See, akrat so groß wi' ameascht d' Felder und d' Gaschtn und Wies'n. Dös hot ma mei Muada vazöhlt, es is g'wiss wohr. Dia Bauan homb nix thu, wos g'stritn um a Wossabründl, wei's a niada gean g'hop hiat zon Onga u wassan, und homb an schröcklan Ufried g'hop weng den Bettl. Amoa an Ondlas-Feiram homs den gonzn Tog g'stritn und g'schumpfn, zlöst, will's zon Rosnkronz gonga wan, hom's go nu kraft und gehn voll Zor und Ziag schlofn.

Den nona Tog is d' Sennen uma zwaa auf, hot's Milcharbötl thu, nocha g'schwind melchn gonga a d'Homötz aufi; sö homb mit non g'hot oani kob und d'Sennen a mit non, wia's oba bi da Hausthüe außa geht, is a Wossalock' vor bin Haus, wo sist go nia koanö g'wesn is. Sie ho b'moat, „dös homb woll d' Nochbabuam thu zu an Spod füe den Ufried, wia's a krecht is, zwö streitn's dö goz Zeit; mia is dos scho gonz zwida, aba iaz schlogg's scho viri, muaß i mi schlain, sist kimm i a nu z' schpat, kimp ma füe."

Iaz geht's außi a d' Ez und lockt und wischp'lt an Küan, aba sie ficht koani und heascht koane und hot do üba zwoanz'g Stuck. Sie suacht sö, lockt'n Berg aus und ei bis den halben Vomittog, do find's amol dö Glogg und a frisch G'spor. „Hot oani woll dö Glogg valoan, krot dass i nit Kirchn kim, is eh scho neini", denkt's ia, und richtig find't's dö Küa, wia's a na Gruam in huckn.

Is decht sist nit da Brauch vo'm Melchn, dafs dö Küa nida huckn. Iaz milcht's g'schwind, dass decht nu vo dö Kirchleit hoam kimp, sist is decht zon schama. Wia's hoid üwan Berg acha sicht zo dö Häusa, sicht's nu krod vo oan 's Doch außa schau, sist is scho lauta Wossa g'wesn. Sie hot dö Buttn hi g'schtöllt und is dö oanö Seitn owö zu da Kirch und gjammascht und kreischt, dass d' Leut b'moat hombt, sie is varuckt, bis g'sechn hombt, dass vo dia drei Häusa neamb z Kirchn is. Iaz send's aufi as schau'n, is scho a See g'wesn; dö onan Bauan nembei hom ea nu g'fürcht, aba es Hot ea nix thu, sö sönd holt iaz zwischn Wossa und Kaasa ei kleimp, oba so sönd's scho a so gwöht. Amoa hiatn's ös gean wissn möng, will toif dass a is, da See, hom's a Spagat tnumma und an Stoa dru buntn und homb'n ochi g'worfn; hom's geichn a schröckanö Stimm g'heascht: „Dargrintst du mi, so schluck i di." Holder da Toifl, hom's ea nimma z'schoa traut. Es is olls z' Grund gonga bis af d' Sennen und dö Küa.

Nocha is a nu oft öpas g'schechn. Amol sex Brechlerina sönd rauschig g'wesn und eicho g'fo'n, hom's um göag, aft sönd's afn Wossa g'schwumma, hot's zu olln Glück a Kohlbrennamannl g'heascht und hat ean an Knittl eichö g'hob, oft hom's ö fs dru g'höngg as will Wepsn und söud richtig nu aus kemma.

A amoa a junga Bua is in Schliednreitn in See eichö kemma; deasn is aba schu richtig hi g'wesn.

ameascht ➤ *früher*
Milcharbötl ➤ *Milcharbeit*
G'spor ➤ *Spur*
Zor und Ziag ➤ *Kummer und Zorn*
Brechlerina ➤ *Brecheln ist ein Vorgang bei der Verarbeitung von Flachs, Brechlerin die Bezeichnung für eine Frau, die diesen ausübt*

Nacherzählt von Gertrude Schrott, Landeck

D'Oachablattla

Vu da Oachablattla mit deim zackiga Rond
d'rzejhlt d'Sog, dass dia dar Tuifl sou ggstoltat hot.
An Schlaumeier hat amol mit'm Tuifl an Pakt gschlossn,
sei Seal söll dar Höll verfolla, wenn sich kua Loub
miah auf da Bejm findat. Weil d'r Oachboum d'Blattla
sou long hebt bis d'ondara Bejm frischa Sprossa treiba,
siecht sich dar Schworz betrouga und hat voar Zoara
's Oachaloub zarbissn; seit dear Zeit schaut's Loub a sou
zackig aus.

Nacherzählt von Gertrude Schrott, Landeck

Soga vom Dawinputz

Uan Monn hot sich mitma ondara varobredet auf d'
Hohnabolz z'giah,
weil ma friah giah muaß, leit er sich auf d' Oufabonk.
Wia er d'rwocht isch d' Stuba hell, weil Vollmou
gwejst isch.
Dear Monn muant, 's isch högschte Zeit,
schaut gor it auf d' Uhr
und nimmt d' Jogdsocha und 's Gwehr und geaht.
Ouba beim Stockzubarli roschtat er a bissli, do heart
er's vom Kirachtura Zwölfi schloga; er denkt sich
iatz geah i
auf Dawintaja und lejg mi nou zwoa bis drei Stund
auf d' Prietscha;
Wia er schua bold ing'schlofa isch,
heart er im Butterkaller a mord Grumpl.
Wia er nochschaua will, geaht d'Kallertir auf
und a urolts Weibli in dar Trocht kimmt aussa.
Dar Monn greift zum Gwehr und steaht in dar Tajatir
schua schussbereit, er schreckt Schritt fir Schritt
z'rugg durch
dia offa Tir aussa zum Haggatter, 's Weibli folgt'm
nu bis zur Tir.
Wia 's Weibli aus dar Sichtweita isch,
louft er sou schnell er konn aus'm Olmbereich,
wo er sich earsch nimma fürchtet.

Dawintaja ➤ *Dawin-Hütte*
Tajatir ➤ *Hüttentür, Hütteneingang*

Nacherzählt von Egon Schmid, Reutte

D' Hex i' d'r Katzemühl

Unterhalb vum Schlossbearg isch i d'r Katzemühl amal a ganz a fleißigar Kneacht g'wöse. Dea hat jede Naacht fürchterlich und schiach troomt. Auf der Brust hat ea nach alla an arge Weah g'höt, ihm war – als ob ihn öppas auf sei Brust druckt.

Und amal hat ea dös a'm alte Ma' verzöllt. Dea aber hat viel vu der alte Heilkunst g'wisst, und si' o aufs Hexebanne verstanden. Und dea Ma' söt nach zue ihm – zue dem Kneacht: „An a'm Freitag, wenn du i's Bett gasch, nimm a'n dicke Knüppl oder susch a andre Waffe mit. Dös aber muesch du ganz huelig tue, so – dass dös niamat siecht. Und wenn jez i' d'r Naacht a Geist oder susch a komische, u'huamlige G'stalt kummt, muasch du glei zueschlage und föscht drei haue." Der Kneacht hát si' glei am nexté Tag a'n alte Säbl g'suecht und mit am Schleifstué ganz scharf gmacht. Am Abe'd hat er ihn mit ins Bett gnomme und unter der Zuedecke versteckt.

Wiares z' Abe'd im Haus ruhig woare isch, und ea grad zum Ei'schlafe ang'fange hat, vermuant ea öppas z' heare. Und so im Halbschlaf sicht ea am unt're Böttrand a schwarze Katz hocke. Mit ihre scharfe Kralla hat sie grad auf ihn zue springe wölle. Ganz verschrocke greift ea zue sei'm Säbl und schlöt föscht zue. Was oder wohi' ea trifft dös hat'a it g'wisst – aber glei drauf war dea ganz Spuck v'rbei.

Am and're Moarge hat ma g'seache dass ba der Mülleri' ba' all zwia Händ – bis zum zwoate Glied – d'Finger a'gschlage ware und g'fehlt hond.

Und ab jez hat ma dia Mülleri' nia mia g'seache. Ma woaß aber, dass sie a ganz beases Weib war, die im Löbe viel g'sündigt hat. Deswöge hat sie kue Rueh g'höt, und hat jede Naacht geistre go' müesse.

Nacherzählt von Maria Koch, Obsteig

D Windhouse

In Darfle Wald isch ä firchterlicher Wind gongen und der Vetter ven Gasthaus hat ä Wuet kriegt, weils n die frischn Stanger gonz zerlegt hat. Sou narrisch wiätig isch er gwoarn, dass er sei Messer zouchn und i dejn Wirblwind mittlt auche gschmissn hat. „Do hasches, du gfirchtlige Windhouse!", isch sei Schroa derzue gwesn.

Af s Messer gwartet hat er ummesinsch. Dejs isch nimme oche gfallen. Long hat er nouh gsuecht, es isch nienig virche kejmen. Galigsch hat er gor nimme af dejs Messer denkt, weil er sig ä nuis kouft hat.

Iber drei Johr spater isch grod der salle Vetter mit die Nachborn zen groaßn Markt af Landeck groast. Sie hobm sejchn wellen ob dej in Obern Gricht gsunds und feils Viech hobm. Und z mittog sein se zuekeahrt ben Landegger Wirt. Und do siecht der Vetter sei Messer, dejs er dozumol in Wind gschmissn hat mittlt aaf n Tisch liegn. Der Wirt kimmt grod zen frogn wos se denn welletn, do dermerkt er dejn Blick ven Vetter af s Messer und schreit: „Isch dejs dei Messer? Kennsch du dejs ebba gor?"

Der Vetter schittlt in Kopf, schaugt i die zoarnign Augn ven Wirt und säit sou riehwig wie meglig: „Na. Ich wunder mih lei worum dejs do af n Tisch liegt. Es hat sou än bsundrign Bug." Do hockt sig der Wirt derzue und derzäihlt: „Do hasch recht. Dejs isch ä Bsundrigs! Iatz isch es schu gwies iber drei Johr hea, do isch mei Frau mit dejn Messer in Hintern stecket huem kejmen. Und ih wear dejn Wildling finden und genau mit dejn Messer in Hintern is Gfängnis bringen. Der weard oarndlig biaßn derfir. – Sou Mander, wos ess mer?"

Der Vetter hat lei miah ä Suppe bstellt, se still gessn und in Nachbor s Gald zen zohlen gebm. Noche isch er ausegschlichn und gach huemzue groast. Ä poor Tog isch er nouh still gwesn und hat driber nochdenkt, wia sei Messer in Hintern ver Wirtin kejmen sei. Isch dia ebbe gor in Wirbelwind umedummgflogn?

Stanger ➤ *Vorrichtung zum Trocknen von Heu*
galigsch ➤ *dann, mit der Zeit*
feils ➤ *zum Verkauf stehend*

Nacherzählt von Maria Koch, Obsteig

’s Mandle af n Simmering

Af d Nocht voarn Ohfohrn ver Alm isch in Hirt gor koumisch virkejmen, dass alle Viecher um d Hitte ummedrängt hobm, ja grod wie wenn se voar ebbes Angst hattn.

Aber lei ä bissele Nebl isch iber s Joch krobelt.

In gonzn Summer hat er kue sou Gwouml kejt, wenn er mit der Miäte oder mit n Salz gongen isch. Es isch n schu recht ouh gwesn, weil er ja morgn ohtribm hat wellen. „Aber dej Drängerei“, hat er fir sig denkt, „isch ä Warnung. Dia Viecher gspiernen ebbes!“ – „Aber wos, voar wos hobm se ä selle Angst?“, hat er gfragt. Er hat umedum gschaugt und zearsch ämol nix Bsundrigs gsejchn.

Galigsch earsch siecht er wia sig in Joch dobm irgndebbes riahrt. Und er gwohrnt noche, dass do ä klues Mandle umekraxlt, longsom ochewarts. Es hat ä weißgstroafts Joppele ou, sinsch aber schaugt s aus wie ä gwejhnligs Baierle ir graulodenen halbschianen Hose.

Dej Richtung, die dejs Mandle ochewarts gwandert isch, hat decht grod bei der Alm vir gfiahrt. Sou hat der Hirt gmuent, dass der kluene Mann bei ihm zuekeahrn weard und hat af dejn Fremdn gwartet. Er isch voar der Hitte stiahn bliebm, hat i s Tal ochegschaugt. Derweil isch dejs Mandle durchoh gongen, it zer Hitte, agrat mittlt unter s Viech eiche. Der Hirt hat spater zuegschaugt, wia der Kluene jeds Stuck Galtvieh und jede Kueh ougschaugt und gschatzt hat und noche af ämol nimme umme gwesn isch. „Ä koumischer Kauz“, hat sig der Hirt denkt.

Wia er in nägschtn Tog zmorgets mitn ganzn Viech ohfahrn hat wellen, isch der Hirt narrisch derschrockn, weil ihm die zwölf bestn Viecher gfahlt hobm. Er hat mit die Hirterbuebm d längste Weil i jedn Felsloch, i jeder Kluft, ja iberall gsuecht, aber dej Viecher sein verschwundn bliebm. Da hat er s Zoachn zen ohfarn gebm und gschriern: „D Bauern in Tal wartn af s Viech, fohr mer oh!“ Duntn hat er gleih gsejt, dass zwölf Stuck fahlen. S halbe Dorf hat sig mit n augmacht und suechn kolfn.

Earschh in drittn Tag hobm se dia zwölf Viecher tief duntn in ere Klamm guet benonder gfundn. Allerhand Werkzuig und Eifäll hat s braucht, bis se dia verschrecktn, angstlign Viecher grettet kejt hobm.

Gwouml ➤ *Gedränge*
galigsch ➤ *dann, mit der Zeit*

Nacherzählt von Egon Schmid, Reutte

Die wilde Fahrt im Sintwag

Ös isch schu viel, viel Jahr hea, da isch zue bestimmte Zeite die „Wild Fahrt“ dur n’ Sintwag zoche. Aber ganz wianig Leit hond dös überhaupt amal g’seache.

Der alt Spilz vu Echebichl isch amal – wia ea no a Bue g’wese isch – schu ganz früe i’n Sintwag gange. Ea hat ba seine Voglschlaga nachschauge wölle ob all’s i’r Oardnung isch. Auf amal heart ea ganz i d’r Nächi, a ganz a wunderschiane Musig. Dia war so schia – no nia hat ea so öppas g'heart. Geare wär ea hi'gange und hätt nach g'schaugt, was da los isch. Aber dös all's isch em z'moargez – schu so früe – u'huamlig vürkumme. Und so isch ea nach, ganz ualig wieder furt g'schliche.

Glei drauf heart ea nach hinter ihm a fürchterligs Tose und Krache, grad so, als wut öppar ganze Bömm umreisse. D' Haar sind ihm i'd' Heach g'stande – ea war froah daß'a it nächer döt g'wöse isch. Fir ihn hat ös gar kuan Zweifl göbe: Dös war die „Wilde Fahrt".

Der Michl Hörbst hat öppas ähnligs verlöbt, wia ea amale allua – spät i d'r Naacht bam Sintwag v'rbei kumme isch. Ma hat ihn nach Broatewang g'schickt – um an Viechdokt'r.

Auf amal heart ea vu d'r Heache acha, a Goaßlschnölle, a moards G'rassl und a ganz a wilds G'schroa. Wia der Michl nächer hi'kumme isch, siecht a – a G'fährt voar dem zwoa kluene Rössla ei'gspannt gwöse sind. Und wüatig schnell föhrt dea Wage durchs Dickicht, zwische de Tannebömm durch, und wieder z'rugg ohne uamaz a'z'stoaße.

Der Michl hat Angst kriagt und isch d'rvu g'loffe. Vu der Weite hat ea bloaß no dös Goaßlschnölle und a moards Getöse g'heart.

Ma verzöllt o', daß die „Wilde Fahrt" i' alte Zeite öfters durch Reutte zoche isch. Da isch sie nach wüatig schnell vu der Geahre acha kumme, hat tobt und g'lärmet durch d'Gasse, und isch nach im Sintwag wieder verschwunde. A diamal war es, daß ma dia allarschianst Musig g'heart hat, und im Wage sind ganz komisch Leit dinna g'hockt.

Wer jez da grad unterwögs g'wöse isch hat si da voar'm Mitg'nommeweare bloaß rette könne, we'mma si' ganz schnell auf'n Bode hi'gwoarfe hat, mit'm Gsicht zum Bode.

O' ba de Fenster hat niamat außi schauge derfe, da wär ma fir sei ganzes Löbe verruckt woare. Bloaß – Brautleid hond si' it fürchte brauche, wall dene hat die „Wilde Fahrt“ nix to'.

Nacherzählt von Johann Schweinester, Telfs

Der Mund'nschafer

Der Sommer des Jahres 1634 war für Telfs eine besonders traurige Zeit, denn abermals wütete in der ganzen Gegend die fürchterliche Pest. Schon lange hatte sich die unheimliche Seuche Opfer aus den verstreuten Gehöften von Telfs und Umgebung geholt, und sie alle wurden hinausgeführt auf den Pestfriedhof nach St. Moritzen oder nach St. Georgen, wo sie in kunstlos zusammengefügten Särgen, oder gar nur in ein Leintuch eingenäht, still in die Grube gesenkt wurden.

Auch den Mund'nschafer sollte schweres Unglück treffen. Schon seit Jahrzehnten trieb er genügsame Schafe auf die Hänge der Hohen Munde, damit sie besser gedeihen würden und im Herbst viel Wolle und Fleisch nach Hause bringen konnten. Damals war die Hohe Munde noch kein so kahler Steinkoloss wie heute. Es gab Gräser für Schafe und Wild, Kräuter für den Wurzelgraber, den Mund'nschafer, und Bäume und Alrmosen bis hinauf zum Mund'nspitz.

Kaum aper war's im Inntal, da stand eines Morgens schon in aller Früh' der Schafermartl mit vollgepacktem Schnerfer vor seiner Haustür in der Gragga und erwartete die Schafherde, die sein Bub, das Hiesele, eben vom Oberdorf herabtrieb.

„Also, Trina, pfiat di Gott und bleib g'sund. Ålle Suntig i'der Friah kemmen mir auf a Springl hoam. Då richtešt ins a kräftigs Essn, derweil mir in die Kirchn gian. Nåcher påckn mir für a Wochn inser Futterage in n' Schnårfer, un aui geat's wieder auf die Munde. – Und nou epas! Wenn wås Extras vorkemmen sollt, dass i hoamgian soll, nåcher zünd't um zehne z'nåchts drei Kerzen un und stellšt uane aufs Kuchlfenšter, uane aufs Stubnfenšter und die dritte aufs Kåmmerfenšter. Des išt für mi 's Zeichen, dass i g'schwind hoam soll! Also pfiat di!"

„Es wird eper nix fiarkemmen! Martl, pass au, dass enk nix passiert; gib aufs Hiesele recht åcht und kemmt's oft und gsund hoam!"

Das 10jährige Hiesele mit der umgehängten Salztasche nahm noch rührenden Abschied von der Mutter, denn es war das erste Mal in seinem Leben, dass er sie für längere Zeit verlassen musste.

„Passt's auf die Hoachwetter au; es išt wegen dem Stoanschlåg bei der Hoachklåmm!" „'S Salz streišt für die Schåf beim Hochgries au; es išt dert beim schlechten Wetter wianiger windig als auf der Goaståler Seite!"

„Biabl, pass au, dass du nit oakuglšt!"

Solche und ähnliche Worte wurden den beiden Hirten während ihres Durchzuges durch Telfs zugerufen. Tagtäglich konnte nun die Mutter in Telfs den aufsteigenden Rauch des Mund'nschafers beobachten. Der Sonntag freilich war ein besonderer Festtag für Mutter, Vater und Sohn. Alle drei sahen sich wieder und waren, wenn auch nur für kurze Zeit, beisammen. So verging der halbe Sommer. Eines Abends lag das Biabl wie so oft frühzeitig auf seinem Mooslager und schlief den Schlaf des Unschuldigen. Der Schafer saß vor seiner Hütte, das Hündchen zu seinen Füßen. Plötzlich fuhr der Martl in die Höhe, dass das Tier erschrak. Zwei Lichter brannten in Richtung seiner Behausung in Telfs, und jetzt wurde noch ein drittes Licht angezündet. Zitternd weckte er das Hiesele.

„Hiesl, kimm, schaug! Wo stian denn die drei Liachter dert?"

„Våter, die sein bei inserm Haus; die håt di Muater hing'štellt. Wås weard eppar deis bedeitn."

„Hiesl, i gea g'schwind hoam und schaug, wås es gibt! Weil's iatz schun a pår Tåg so hoaß gwesn išt, kannt leicht sein, dass morgen a Wetter kimmt! Geaš morgen in der Friah die Schåf suchn und treibšt si auf die Buachneralplseite und streišt 's Salz aufs Hoachgries. Pass åber au, dass du nit oakuglšt, kannšt maustot sein!"

Unter Beteuerungen, ja recht aufzupassen, verkroch sich das Biabl wieder in sein Mooslager. Der Schafer stürmte talwärts, Schlimmes befürchtend. Zu Hause angekommen, fand er seine Trina in der Schlafkammer. Wie gelähmt blieb er an der Tür stehen, das Blut erstarrte ihm in den Adern, denn sein Weib rief ihm mit matter Stimme entgegen: „Martl, Hiesl! Um mi steat's schlecht. Mi håt der Schwårze Toat! I wear's nimma lång dermåch'n! Behiat enk Gott!" – Noch ein paar Atemzüge, und Martls Weib war tot.

„Der Herr geb' dir die ewige Ruah! Trina, kimm, nimm mi und's Hiesele a mit!"

Aber Trina kam nicht mehr zum Leben, und niemand tröstete den vor Schmerz bebenden Martl. Am nächsten Tag, es standen schon frühmorgens schwere Gewitterwolken im Westen, schickte der Martl einen Boten zu seinem Biabl hinauf, um ihm die traurige Nachricht zu übermitteln. Martl aber nahm, wie es die Hinterbliebenen der an der Pest Gestorbenen tun mussten, Pickel und Schaufel und ging traurig wie noch nie in seinem Leben nach St. Moritzen, um im Pestfriedhof ein Grab für sein treues Weib zu schaufeln. Abends war das Begräbnis der Trina. Der in der Früh abgesandte Bote kam wohl zurück, aber ohne das Biabl.

„Håb ihn nirgends g'fundn, håb pfiffn und g'schriarn, aber koa Antwort kriegt. 'S Hintl išt zwoamol zur Hittn kemmen, aber glei wieder aua auf die Munde! Es håt soviel schrecklig g'wittert, sinšt war i schun auf die Munde aua! 'S Biabl weard hålt irgendwou unterg'štandn sein bei dem furchtbårn Wetter, und 's Hintl håt ihn im nåssn Gras verloarn!" Das war des Boten besorgniserregender Bericht.

Die schwerste Arbeit, die der Martl jemals in seinem Leben verrichtet hatte, das Begraben seiner treuen G'sponsin, war nun getan.

Dumpf und niedergeschlagen verließ er anderntags Telfs, um zu seinem Biabl und den Schafen zu steigen. Nach langer mühsamer Wanderung erreichte er die Hütte. Das Hündchen lag vor derselben und begrüßte den Ankömmling mit heiserem Gebell, aber das Biabl kam nicht. Den vorhandenen Speisevorräten nach war Hiesl schon seit gestern früh nicht mehr in der Hütte gewesen. Dem Wurzelgraber wurde bange. Er ging auf die Suche, er schrie, er pfiff, nichts rührte sich. Er stieg hinunter nach Buchen und fragte nach, niemand hatte den Hiesl gesehen oder gehört. Er ging zurück zur Hütte und wartete. Es wurde Abend, aber Hiesl blieb verschwunden. Da wurde dem Schafer furchtbar angst um sein Kind. Er zündete ein großes Feuer an, zum Zeichen, dass der Vater da sei, er blies ins Bockshorn, hörte nach den Wänden und Abgründen, aber nichts regte sich. Nur der Widerhall klang zu ihm.

„Hilfe für mei Biabl! – Hilfe!", schrie der Martl endlich wie wahnsinnig auf, und dann hieb er mit seiner Axt die stärksten Zuntern ab, warf sie zu vier Haufen übereinander und zündete sie an, als Zeichen, dass Männer zu Hilfe kommen sollten, es sei etwas passiert. Hochauf flammten die vier großen Reiserhaufen. Bald stand ganz Telfs auf den Beinen, wohl wissend, dass ein Unglück geschehen musste. Man wusste ja um den Tod der Trina, man wusste vom langen Ausbleiben des Biabl. Man rechnete sogar schon damit, dass das Hiesele abgestürzt sei, aber man ahnte noch mehr: der Martl musste den Verstand verloren haben.

Der Abendwind hob die Flammen turmhoch empor, bald verschmolzen die vier Feuer zu einem einzigen, und man wusste nun sicher: die Umgebung hatte Feuer gefangen. Nicht lange dauerte es, als ein Stück weiter gegen das Kochental ein neuer Feuerherd auftauchte und nach kaum einer halben Stunde etwas weiter herunten wieder neue bis hin zum Buchner Alpl. Der arme Martl wollte in seinem Wahn dem Hiesl den Weg zeigen.

Gegen Mitternacht loderten schon Tausende von Flammen bis halb auf die Munde hinauf. Es war ja auch kein Wunder, dass die mit Pech gesättigten Latschen Feuer gefangen hatten, und dass der seit Wochen ausgetrocknete, am Vortag vom Gewitterregen kaum angefeuchtete Grasboden schnell zu brennen begann. In kurzer Zeit hatte sich das entfesselte Element über eine riesige Fläche ausgebreitet. Alle Löschversuche wären zwecklos gewesen. Nirgends gab es Wasser, alles war trocken und dürr. Man musste zusehen, wie der ganze Berg seiner saftigen Weiden beraubt wurde.

Aber die armen Schafe! Alles, was helfen konnte, lief gegen Buchen und gegen die Niedere Munde, um die fast zweitausendköpfige Schafherde zu retten. Jeder wusste, dass die ganze Herde verloren gewesen wäre, sobald sie des Feuers ansichtig geworden wäre, denn Schafe laufen ja bekanntlich dem Feuer entgegen.

Erst nach vierzehn Tagen hörte das Rauchen und Glimmen an der Munde auf. Martl und sein Biabl waren noch immer verschollen; beinahe sechshundert Schafe waren abgängig. Da begaben sich kräftige, mutige Burschen auf die Suche nach Vater und Sohn. Das Hiesele entdeckte man endlich hoch oben an der Munde unter einer vom Blitze zerschmetterten Fichte. Der Schafer aber war abgestürzt, hatte nicht mehr flüchten können und hatte einen jämmerlichen Verbrennungstod gefunden. Die Munde jedoch blieb kahl und unbewachsen bis auf den heutigen Tag!

Schnerfer ➤ *Rucksack*
Gragga ➤ *im Untermarkt*
Futterage ➤ *Essen*
G'sponsin ➤ *Ehefrau*
Zuntern ➤ *Latschen, Legföhren*

Die Krönlnåtter

Ein Märchen im Wörgler Dialekt

Vua långa Zeit is a jungs Diandl bei an Bauern in Deanst gånga. Des Diandl wår gånz a takte Magd, kreizbrav und fleißig is gwesn, håd's Viech guad behåndlt und va friah bis gschnåchts g'årweit'.

Des Bauernhaus, in dem as Deanstmadl gwohnt håd, håd an gånz bsunan Bewohner g'håb, nämlich a Krönlnåtter. A gscheckats kloas Würml mit an liacht glånzadn Krönl auf'm Köpfal. In a Mauerritzn im Stoi håds gwohnt und gonz scheich is des kloane Ding gwesn. Gsech'n håd mas net oft, de Krönlnåtter, owa ma håd gwisst, dass sie do is, weil sie monchmoi so wundaliab gsunga håd. Wenn owa de brave Magd alloa zum Kiah melkn an Stoi gånga is, noa is de Krönlnåtter aussakemma aus ian Vasteck. A gschtiaschts Viechä wår des, kloane glånzade Eigä håds kåb, mit deana's as Diandl oiwä gonz sehnsüchtig ugschaug håd. Do håd sich as Diandl denkt: „I woaß scho, wos du gean mechsd" und håd eam a bissä Müch in a Schissä g'laat und eam's zum Trinken gebm. Mei håd sich do de Nåtter gfreit und so vü nett wor's zum Uschaugn, wia's de Müch mit ian kloan Zungä eigschlürft håd. Wenn's dabei as Köpfä a bissl hin und hea draht håd, noa håd as Krönl wia pures

Gold glånzt. Wia da Tau in da Friah aufm Grås, wenn de Sunn einescheint, so håds Krönl gfunklt und gleicht, boi de Nåtter noa dånkbar gnickt håd – as wia, wenn's jeds Wort vom Diandl vasteah tat – und wieder zrugg in de Mauerritzn gschlüpft is.

De Mågd håds genauso gfreit wia de Nåtter und so håds eam jedn Tåg in da friah und gschnochts a Schissä Müch gebm, weil sie gmerkt håd, dass des a bsunare Nåtter is, de Glück und Segn iwa Haus und Hof bringt. Seit de Nåtter ia Müch kriag håd, senn nämlich ålle Kiah gsund gwesn und hom sogor mea Müch gebm als friara. Långe Zeit håds de Magd aso k'hoitn, oamoi gschnåchts håds da Bauer, a geiziga und sturer Mensch, owa dawischt, wia sie da Krönlnåtter gråd wieder a Schissä hi'gstöd håd. Gonz grantig, richtig fuxteifiswüd is da Bauer noa wuan, wia a des g'sechn håd. Ois Nichtsnutz, undånkbårs Gsindl und Diebin håd a des årme Diandl beschimpft. An Diandl is dabei gonz ead wuan und de Trupfn senn wia a Båch iwa ihre Wången gflossn, so schiach håd ia des tu.

Owa da Baua håd sich net dabårmb und gschrian: „A so a Deanstmagd, de's wirtschaftn net ku und de guade Müch a de Würma fuattert brauch i net. Påck deine Såchn und schau dass'd weida findst!“ Und so håd as in Schimpf und Schande vom Hof g'jågg.

De årme Magd håd nu bettlt, dass då bleibm derf, owa davu woit da sture Bauer nix wissn. Rearad is in ia Kammer, håd's Zeig packt und is vom Hof gånga. Bevuas gånga is, is' owa nuamoi an Stoi zu ihre liabn Kiah und håd sich va jeda oanzlnen schwarn Herzns veråbschiedet. Sogor de Kiah hom traurig gschaug und wias bei da letzten Kuah ukemma is und sie gråd a letzts Moi gstreichlt håd, is de Krönlnåtter aus ian Vasteck kemma und direkt auf de Magd zuakrochn. De Magd woit sich grod zu ia owebuckn, do håd de Krönlnåtter ia gånz dånkbår in de Augn gschaug, ian Kopf owebeigg und ia Krönl o'gschüttlt. Direkt vua de Fiaß van Diandl is des goldene Krönl glånd't. De Krönlnåtter owa wår im gleichn Moment a scho wieda verschwunden und is niamea gsechn wuan. De Magd håd des scheane Krönl eigsteckt und is traurig owa dånkbår zu ihra årmen Muatter hoamkehrt.

Va iatz u håd des Diandl, weils a so a guads und mitfühlends Herz g'håbb håd, niamea in Armut lebn miaßn, weil as Krönl jedn, dem's gschenkt wead, stoareich måchd. Da bese Bauer owa håd sei Lebtag koa Glück meah g'håbb. Z'letzt is a sogor va Haus und Hof kemma. So håd de Krönlnåtter sein Geiz und sei Herzlosigkeit bestråft.

takt ➢ *tüchtig, fleißig*
liacht ➢ *hell*
gschtiascht ➢ *süß, lieb, herzig*
Eigä ➢ *Äuglein*
Müch ➢ *Milch*
Schissä ➢ *Schüsselchen*
rearad ➢ *weinend*
bese ➢ *böse*

Annemarie Regensburger, Imst

Hirtins Traum

Voar langer Zeit isch a Madele in Fald daußn bein Kiahhiatn gwesn. Alle Tag hat d'Mama gsejt: „Pass au(f), dass d'Kiah it in Wald eiche zun groaßn Bach giahn, und schaug ja, dass se it in Nachbar's Fald grasn ou(f)angen. Wenn's dunkl weard, schrei ih dir, noche treibsch d'Kiah huem in Stall." Alle Tag isch 's Madele in Fald außn khockt und hat in d'Kiah bein Grasn zuegschaugt. Und weil d'Kiah salber gwisst habm, wenn se Hunger und Durst habm, hat 's Madele derweil in Zug zuegschaugt, der ganz dentn bein Tal viar gfahrn isch. Da isch an unendlige Sehnsucht im

Madele drei au(f)gwacht, und es hat zun tramen ou(n) gfangen, dass es mit so an Zug in an anders, weits Reich eiche fahrn kann. So lang hat's den Zug nachgschaugt, bis'n die Zacher in d'Augn gschossn sein vo lauter blinzlen und schaugn. Und vo lauter schaugn isch es eigschlafn und in Tram den Zug nachgsprungen und grad nouh auf'n leschtn Waggon au(f)dersprungen. Da habm d'Räder a wunderschiane Melodie zun singen ou(n)gfangen. 's Madele hat lei verstandn: „Fahr zu dir, fahr zu dir, ...!" Und grad wie der Zug in des weite Reich eifahrn hat wellen, isch 's Madele von an Schroa au(f)gschreckt. „Bisch wieder amol eigschlafn, itamol zun Kiahhiatn kann ma dih habm. Dunkl weard's schue und die Kiah sein in Nachbars Mahd eiche gsprungen. Na, was bisch du grad fiar a Fratz! Was han ih denn verbrochn, dass mih der Herrgott mit an sellen nichtsnutzing Madl gstraft hat", und pitsch,patsch isch der Steckn über'n Buggl oche gsaust. Des hat in Madele an schiachstn toan, dass es wieder amol fiar d'Kiah d'Schläg kriegt hat – aber d'Kiah gebm wienigstns a Milch.

In nagschtn Tag bein Kiahhiatn, hat s' Madele decht wieder den Zug nachgschaugt und tramen ou(n)-gfangn. Da hat's in Tram die Stimm vom Herrn Pfarrer kheart wie er in Religionsunterricht derzählt hat; es hab amol an König gebm, der verkündet hat, dass es ua Reich gebm tat, wo alle Leit gleich viel weart sein tatn. Hinter den Barg, wo der Zug iats glei die Kurve macht, fangt des Reich gwieß ou(n). Da, in seir kluen Walt kann's amol it sein. Es heart schue d'Mama schreien, daß se lei Madlen hab, dass des Madele schiach ouh nouh darzue sei, und dass es in ganzn Tag in Mulli oche hängen tat. Fiar des tat ma itamol an rechtn Mannets finden; es siecht, dass siesch ouh lei alls die Buebm tien darfn. Gearn hat 's Madele wianigstns beir Prozession des Weiwasserkessele tragn, mit den ma s'Fald fiar 's Viech segnt, oder beir Maiandacht 's Rauchfass gschwungen, oder gar bein Altar in Herrn Pfarrer 's Wasser in sein goldenen Kelch eiche gschüttet. Aber so eppes zun tramen isch gwieß a Sünd, weil zun Altar darfn lei die Buebm. In Madele hat's an sellen Stich in Harz drei gebm, dass es darvou(n) au(f)gwacht isch! Na, denkt's, so isch des weite Reich, wo alle Leit gleich sein, amol gwieß it. Da kriegt's sogar nouh fiar d'Kiah d'Schläg. Aufuamol isch in Madele der Entschluss gwachsn, des Reich zun suechn, und vo lauer über des alls nachdenkn war's um a Haarl wieder bald ei(n)gschlafn, aber 's Rauschn von Bach, voar den sig's siesch so oft gfürchtet hat, hat's zrugkholt, und nouh voar's dunkl gwoarn isch und voar d'Mama gschriern hat, isch es mit d'Kiah voar der Stalltür gstandn. Lob hat's zwar kues kriegt, aber wianigstns kuene Schläg.

Am drittn Tag beim Kiahhiatn, wie der Zug dentn bein Tal viar gfahrn isch, hat's Madele so fest umche gschaugt, dass es sig salber bein Fenster ausse schaugn gsechn hat, und it lei d'Räder, ouh d'Eichnbam in Wald und der Bach habm laut und deutlig gsungen: „Fahr zu dir, fahr zu dir, ...!"

Da hat 's Madele gspiert, wie 's tian muess, dass es des weite Reich findet – lei mie au(f)gwachter tramen, ja nimme bein Kiahhiatn eischlafn und it auf an Prinz wartn, der uan in des Reich fiahrn kannt!

Ouh wenn 's Madele 's Meiste earsch viel viel spater begriffn hat, eigstiegn isch es det in den Zug, bei den die Räder singen: „Fahr zu dir, fahr zu dir, ...!" Und bis zun heinting Tag, trifft's alm wieder Frauen, dia damals ouh in den Zug eigstiegn sein und bei dia vo die Augn des Reich auße leichtet.

Zacher ➤ *Tränen*

Der Geist auf Dapenharberg

Sage aus dem Zillertal

A d'r Olme Dapenhorberg ist draust'n a Geist g'we'n, dear hot gor atia n' bleckat'n H... bei nan Giggarl a de Kaser eih'n gereckt, nett, wenn de Olmar bein Nochtal hend gehöckt. Galling ist ober d'r Schoffar windig woarn, reißt'n Drifass vun Fuier weck und schmeißt'n dens'n Löt'r ums Hinterg'sichte. Iatz hots ober wöltan an döln Winzlar gethu und d'r Geist woch derhie.

Auf de Nocht ober hots'n Schoffar dächt a bissal z'graus'n ug'hebt und leit as Stallal, ze de Schaflang eih'n. Galling kimmt d'r Geist ackrat eihar, zoagt n'an Hältar und soat: „Lagst dü nid zwisch'n zwoa weiße Schaflang", soat'r, „oft derriss i di ze Lak und ze Stab", hot'r g'soat. Vu d'r selbig'n Zeit u hom se nochar nia nicht mear vu dens'n Kunt'r a d'r Olme gegwocht.

Giggarl ➤ *Fenster*
Nochtal ➤ *Abendessen*
Winzlar ➤ *Schrei, Winsler*

Jå schaug, die Engl sein scho då – Andächtiges und Besinnliches

Annemarie Regensburger, Imst

Die Weihnachtsgschicht auf tirolerisch

Wie der Engl Gabriel ougsejt hat, daß der Jesus auf d'Walt kimmpt

(Lukas 1, 26–38)

Und in sechstn Monat isch der Engl Gabriel von Herrgott auf Nazareth, a Stadt in Galiläa, zu an Madl, dia Maria khoaßn hat, gschickt gwoarn. Dia isch mit an Mannets gangen, dear Josef khoaßn hat und dear von David ogstammt isch. Der Engl isch zu ihr eiche kemen und hat gsejt: „Griaß dih, Maria. Der Herrgott mag dih ganz bsunders gearn und isch mit dir!"

Sie isch aber fescht derschrockn und hat sig denkt: Was isch denn des fiar a Grueß? Da hat der Engl zu ihr gsejt: „Du brauchsch dih nit zun fürchtn, Maria! Du bisch bein Herrgott guet ougschriebm. Du wearsch schwanger wearn und a Biabl auf d'Walt bringen, und du sellsch es Jesus hoaßn. Und der Herrgott weard'n in Thron vo sein Ururnehne David gebm, und er weard fiar alm König über's Haus Jakob sein, und sei Reich weard nie mieh auhearn."

Da hat d'Maria zun Engl gsejt. „Wie sell denn des zuegiahn? Ih han nouh nie eppes mit an Mannets kejt!" Und der Engl hat drau gsejt: „Der Heilige Geist und die Kraft von Herrgott wearn über dih kemen und bei dir sein. Drum weard ouh des bsundere Biabl, des du auf d'Walt bringsch, ‚Gottessohn' khoaßn wearn. Ouh d'Elisabeth, dei Verwandte, kriegt in ihrn Alter nouh an Bue, und sie isch iats schue in sechstn Monat. Derweil hat's alm khoaßn, daß se kuene Kinder kriegn kannt. Fiarn Herrgott isch nicht unmöglig." Da hat d'Maria gsejt: „Ih bin in Herrgott sei Dirn. Es sell aso kemen, aswie du gsejt hasch." Und noche isch der Engl nimme da gwesn.

Wia der Jesus auf d'Walt kemen isch
(Lukas 2, 1–20)

Det in dia Tag hat der Kaiser Augustus ougschaffn, daß alle Leit vo sein groaßn Reich in Stuijrlistn augschriebm wearn sellen. So eppes hat ma darvoar nie tien brauchn. Der Quirinus isch det Landesvater vo Syrien gwesn. Alle sein dethi gangen, wo se heakemen sein, und habm sig auschreibm lassn.

Der Josef isch iats in Nazareth z'Galiläa darhuem gwesn. Er hat zommpackt und isch auf Bethlehem z'Judäa auchegangen. Weil vo det hea isch der Ururnehne von Josef, der König David, kemen. D'Maria, 's Madl von Josef, isch mit nen gangen. Sie isch i(d)er Hoffnung gwesn. Ausgrechnt wie se auf Bethlehem kemen sein, isch ihr Zeit ausgwesn. Sie hat ihr earsts Poppele, a Biabl, auf d'Walt bracht. Sie hat's in Windlen eipackt und in an Fuetertrog glejt, weil se lei mieh in an Stall an Platz kriegt habm.

I' dear Gegnd sein lei Hirtn gwesn. Dia habm weit in Fald daußn ihnene Schaf z'nachts khiejtet. Aufuamol isch an Engl von Herrgott ze ene kemen, und es isch umedum ganz liecht gwoarn. Alle habm sig fescht zun fürchtn ougfangen. Aber der Engl hat gsejt: „Ejs brauchts enk nimme z'fürchtn, weil ih enk hein a groaße Frejd bring, über dia sig alle Leit frejbm wearn. Hein z'nachts isch fiar enk i(d)er Stadt von König David enker Retter auf d'Walt kemen. Es isch der Messias, der Verhoaßene, der Hear. Geahts gach des Poppele suechn, des mit Windlen eipackt in an Fuetertrog lejt." Und aufuamol sein nebm den uan Engl an Haufn andere Engl gstandn und habm laut in Herrgott zun Lobm ougfangen:

„Insern Herrgott in Himml wellen mir lobm.
Und sei Friedn sell zu alle Leit

auf d'Walt kemen,
weil er sie gearn mag!"

Wia d'Engl wieder in Himml doubm gwesn sein, habm d'Hirtn zuanonder gsejt: „Kemmpts, mir wellen gach auf Bethlehem giahn und schaugn, was da gschechn isch und was ins der Hear sagn hat wellen."

Gach sein se gangen und habm wirklig d'Maria und in Josef und des Poppele mit Windln eipackt in Fuetertrog drei gfunden. Wie ses gsehchn habm, habm se derzählen ougfangen, was ihnene der Engl alls vo den Poppele derzählt hat. Alle Leit, die's kheart habm, habm sig gwundert über des, was ihnene d'Hirtn derzählt habm. D'Maria hat alle Woart in Harz drei umedumklaubet un ganz tief drei aukhaltn. D'Hirtn sein wieder in ihnene Walt zruggangen. Sie habm ihnenen Herrgott globt und dankt fiar des, was se gsehchn und kheart habm, und daß alles aso gwesn isch, wie's der Engl gsejt hat.

Die Stearngugger aus'n Morgnland

(Matthäus 2, 1–12)

Wie der Jesus in Bethlehem auf d'Walt kemen isch – des isch det gwesn, wie der Herodes König gwesn isch –, da sein Stearngugger aus'n Morgnland auf Jerusalem kemen und habm gfragt: „Wo isch vo d'Judn der nuije König, dear earsch auf d'Walt kemen isch? Mir habm sein Stearn augiahn gsehchn und sein kemen, daß mir nen oubetn kanntn."

Wie der König Herodes des kheart hat, isch er oardnlig derschrockn und ouh d'Leit vo Jerusalem. Da hat er die hoache Geistligkeit und alle Biblkenner unter seine Leit zommkemen lassn und hat se ausgfragt, wo denn der Messias auf d'Walt kemen sellt. Und dia habm zuenen gsejt: „In Bethlehem in Judäa, weil aso steaht's bein Prophet Micha gschriebm:

Und du, Bethlehem in Land Juda,
du bisch gwieß nit's klianschte
vo dia wichtign Stadtlen in Juda.
Aus dir kimmpt amol der Fürst,
dear der Hirt von ganzn Volk Israel sein weard."

Da hat der Herodes die Stearngugger huemlig zu sig kemen lassn und hat ganz genau wissn wellen, wenn denn dear Stearn augangen sei. Darnach hat er se auf Bethlehem gschickt und hat gsejt: „Geahts und schaugts, daß ejs des Poppele gleiamol findets, und wenn ejs es gfundn habts, sejts mir's glei. Noche geah ih ouh hi und bets ou."

Wie se in König ouglousnt kejt habm, sein se weiterzouchn. Und wirklig, dear Stearn, den se in Morgnland gsehchn habm, isch voar ene hea zouchn bis zu den Oart, wo des Poppele gwesn isch. Wie se den Stearn gsehchn habm, habm se sig fescht gfrebt. Sie sein ins Haus eiche gangen und habm des Poppele mit seir Mama, der Maria, gfunden. Da sein se niederknielt und habm's oubetet und habm ihnene Schatztruche augmacht und habm nen Gold, Weihrauch und Myrrhe gebm.

Und Gott hat ene in Tram ougschaffn, daß se ja nimme zun Herodes zrugg giahn sellen, und sie sein auf an andern Weg huemzouchn.

Wie der Jesus und seine Eltern auf Ägyptn gflüchtet sein (Matthäus 2, 13–15)

Wie se weiterzouchn gwesn sein, da hat der Josef in Tram an Engl gsehchn, der zuenen gsejt hat: „Steah au und nimm des Poppele und sei Mueter mit und geah gach auf Ägyptn und bleib det aso lang, wie ih dir's sag; der Herodes hat voar, des Poppele zun suechn, weil er's umbringen will."

Da isch der Josef mittlt i(d)er Nacht augstandn und hat des Poppele und sei Mama gnoumen und isch durch auf Ägypten. Det sein se bliebm, bis der Herodes gstorbm isch. Es isch genau aso gschechn, aswie der Herrgott durch 'n Prophet Hosea sagn hat lassn, dear da sejt: „Ih han mein Bue vo Ägyptn kemen lassn."

Es håt sich hålt eröffnet

Es håt sich hålt eröffnet das himmlische Tor,
die Engelan, die kugelan gånz haufnweis hervor.
Die Büabalan, die Madalan, die måchn Purzigagalan,
båld auffi, båld åbi, båld hin und båld her,
båld unterschi, båld überschi, dås gfreit sie umso mehr.

Ref.: Halleluja, halleluja, halle, halle, halleluja!

Jetzt håb ma hålt das himmlische Gwammel erblickt,
es håt uns Gott Våter an Botn zuagschickt:
Wir sollten uns vereinen zum Kindlein auf die Roas,
verlåssn unsre Öchslan, die Kälber und die Goaß,
verlåssn unsre Öchslan, die Kälber und die Goaß.

Ref.: Halleluja, halleluja, halle, halle, halleluja!

Åft sein mir nächer gången, i und du a,
kerzengråd nåch Bethlehem, juchheißa, hopsassa!
Seppele, du Schlanggele, nimm du dei gmästes Lampele,
und Michl, du a Henn, und Jos, du an Håhn,
und i nimm mei foasts Fåckele und renn damit davon.

Ref.: Halleluja, halleluja, halle, halle, halleluja!

Geh, Veitl, mir wellen die Gscheitern hålt sein!
Wir betn's Kindlan ån im Ochsenkrippelein.
Büabale, wås mågst denn håbn, mågst eppa dechta
unsre Gåbn?
Mågst Äpfl oder Birn, oder Nussn oder Kas,
willst Zwötschgen oder Pflaumen oder sist a sölles
Gfraß?

Ref.: Halleluja, halleluja, halle, halle, halleluja!

Schlanggele ➢ *Kind oder junger Mann, der zu Streichen aufgelegt ist, Spitzbub*

Gott grüaß enk, Leutln ållesåmt

Gott grüaß enk, Leutln ållesåmt, mögn sein, so viel enk
welln!
Mir kemmen her vom heilgen Lånd und wissen viel z'
dazähln.
Wås Wunderbårs sich zua hat trågn in Betlehems Revier.
|: Jå liabe Leut, i woaß enk z' sågn, enka Lebtåg sehchts
des nia. :|

Wia mir håbn d' Nåcht bei die Schafln gwåcht, i, der
Lenz, der Ruapp, der Stoff,
då håt 's a wunderschiane Liachtn gmåcht, und 's Him-
melloch wår off.
Auf oamål kemmen d' Engl aus, zerscht oaner, galing åll,
|: de sågn, heut war der Heiland z' findn zu Bethlehem
im Ståll. :|

Mir håbn glei insre Såch zsåmmpåckt, an iader voller Schneid,
und håbn ins gschwind nach Bethlehem gmåcht, as spekuliern, wås geit.
Då find ma in a Schaflståll den Heiland als kloans Kind:
|: Wia werd dem Hascherl z' huscha sein bei dem eiskåltn Wind. :|

Iatz stiahn ma då wie d' Ofnstöck und håbn ins orndla gschamt,
mit insre schiachn Werktagsröck, weil mir koane schianern håbn.
Åber nebnbei håts uns schreckli gfreit, das Jesukind ånschaugn,
|: das Kind voll Liab und Helligkeit, mir brennen heut no d' Augn. :|

So stand ma då recht lång und lång, håbn bet, håbn glåcht, håbn greart,
und håbn ihm gebn ålls, was ma håbn, is wohl koa Red derwert.
Jatz müaß ma wieder hoamwärts schaun, dass ma d' Schafl nit verliern.
|: Geh, gebts uns do a Tröpfl Schnåps, es ist heut zum Derfriern! :|

galing ➢ *dann, mit der Zeit*

Geh, Hansei, påck dei Binggei zsåmm

Geh, Hansei, påck dei Binggei zsåmm, mir gehn nåch
Bethlehem.
Des Wårtn weascht uns iatz scho z'lång, der Hias is a
scho kemm.
Håst du denn nit den Engel gsehgn, wia er uns håt
vakündt:
Da Gottessohn als kloana Bua heit Nåcht vom Himml
kimmt.
Geh, Hansei, påck dei Binggei zsåmm, mir gehn nåch
Bethlehem!

Nimm mit a Bröckl Butterschmålz und a a Loabl Kas!
War do nit schean, wenn insaoans aufs Kindl heit vagaß.
Bis dass die Uhr håt zwölfe gschlågn, då miaß ma 's no
datoan,
iatz schaug amål, dass d' fertig weascht, sinst geh mas
hålt alloan!
Geh, Hansei, påck dei Binggei zsåmm, mir gehn nåch
Bethlehem!

Jå schaug, die Engl sein scho då in ihrer liachtn Pråcht!
Wenn du iatz nit båld weiter tuast, is um die hålbe
Nåcht!
Los zua, die Engl singen schon: Gott in der Höh sei Ehr!
Mei Hansei, tua do weita schon, måchst du uns heit a
Gscher!
Geh, Hansei, påck dei Binggei zsåmm, mir gehn nåch
Bethlehem!

Binggei ➤ *Bündel, Habseligkeiten*

Marias kloana Bua

Tiroler Mundarttext: Frajo Köhle
Original: Mary's boy child

Vor langer Zeit in Bethlehem, so wie die Schrift uns sagt,
hat Maria a kloans Biabl kriagt, genau am Weihnachtstag:

Josef und Maria kemmen in die Stadt auf'd Nacht.
Koana hat ihnen Herberg gebn, niemand die Tür aufgmacht.
Die Leit warn alle furchtbar gstresst, und geizig, und gemein –
Josef klopft an jede Tür, doch niemand lasst sie ein!

Hearts nit, wie die Engel singen? Horchts doch a bissl zua:
Des wird amol a König sein, Marias kloana Bua!

Und vor der Stadt, bei an kloanen Stall, da machen sie
dann Rast.
Drin der Esel und der Ochs ham gsagt: „Seids unser Gast"
Und dort hat die Maria dann in eisigkalter Nacht
im Stall in einer Futterkrippn ihr Kind zur Welt gebracht

Hearts es, wie die Engel singen? Horchts doch a bissl zua:
Des wird amol a König sein, Marias kloana Bua!

Draußen aufm Feld sein Hirten bei ihre Schafln glegn,
auf oamol hams am Himmel drobn an hellen Stern gesegn.
Da ham sie sich nit auskennt, ham si fast a bissl g'fircht,
doch der kloane Hias, der Hirtenbua is hingrennt scho
zum Liacht:

Hearts nit, wie die Engel singen? Horchts doch a bissl
zua:
Weil wissts, wer heit Geburtstag hat? Marias kloana Bua!

Horchts doch wie die Engel singen, des is so wunderschön:
Weil nur wegen dem kloanen Buam werma alle ewig
leben!

Es wird scho glei dumpa

Es wird scho glei dumpa, es wird scho glei Nåcht
drum kimm i zu dir her, mei Heilånd, auf d'Wåcht.
Will singen a Liadl dem Liebling, dem kloan,
du mågst jå net schlåfn, i hör di nur woan.

Ref.: Hei hei, hei hei! Schlåf süaß, herzliabs Kind!

Vergiss hiatz, o Kinderl, dein Kummer, dei Load,
dåss d' dåda muaßt leidn im Ståll auf da Hoad!
Es ziern jå die Engerl die Liegerstått aus.
Möcht schöna nit sein drin in König sei Haus.

Ref.: Hei hei, hei hei! Schlåf süaß, herzliabs Kind!

Jå Kinderl, du bist hålt im Kripperl so schen,
mi ziemt, i kånn nimmer då weg von dir gehn.
I wünsch dir von Herzen die süaßeste Ruah,
die Engerl vom Himmel, di deckn di zua!

Ref.: Hei hei, hei hei! Schlåf süaß, herzliabs Kind!

Måch zua deine Äugerl in Ruah und in Fried,
und gib mir zum Åbschied dein Segn no gråd mit!
Åft werd jå mei Schlaferl a sorgenlos sein,
åft kånn i mi ruahli aufs Niederlegn gfrein.

Ref.: Hei hei, hei hei! Schlåf süaß, herzliabs Kind!

Kathi Kitzbichler, Erl

Longsom geht's wieda auf Weihnachtn zua

Weiße Flockn tonzn fei auf d'Ean,
daß Woid und Dörfa zuadeckt wean.
See und Bachä gfrian iaz zua,
ois schloft in deara stadn Wintarua.

Da Wind streicht durchn Woid,
ums Haus is frostig koit.
Mia sitzn in da wohlig warma Stum beinond,
rund umman Liachtakronz oisond,

und singan Liada stad und fei,
bei Weihrachduft und Kerznschei.
Mia pockn Flötn und Gitarre aus,
boid klingts durchs gonze Haus.

Nussn, Äpfe, Keksln frisch,
stöt de Muatta aufn Tisch.
Da Duft noch Tannenzweig is fei,
und stimmb ins scho auf Weihnacht ei.

Im warma Schein vom Liacht der Kerzn,
wean froh und friedlich insre Herzn.
Es is a hoffnungsvolle Zeit,
zum Gem und Schenkn sen de Leit bereit.

Advent hoaßt stad, besinnlich wean,
sich vorbereitn, in sich kean.
De Botschaft eichilossn, net vaschliaßn,
mit offnem Herz des Jesukind begriaßn.

Kathi Kitzbichler, Erl

Weihnachtn is ...

Weihnachtn is net nur Flitta und Glonz,
is net nur Christbam und Kronz,
is net nur kaffn und schenkn,
net nur ans Festbratl denkn.

Weihnachtn is net nur Zötnduft,
is net nur Weihrach in da Luft,
is net nur Gschäftmocharei,
net nur Gefühlsduslei!

Weihnachtn is net nur wünschn und gem,
Weihnachtn hoaßt an Friedn lem.
Hoaßt Zeit fi Mitmenschn schenkn,
net nur an sich söwa denkn.

Weihnachtn hoaßt: I bin bereit,
für a Lem ohne Hass und Streit.
Im Heaschz drin söd ma s'gonz Johr Weihnachtn gspian,
damit ma des Guatsei und d'Liab net valian!

Kathi Kitzbichler, Erl

Jede Kerzn a Geschenk

De erste Kerzn bring ins Liacht,
bring Liacht in insa Zeit,
damits ins wärmt min helln Schei
in deara Dunkeheit.

De zwoata Kerzn bring ins Hoffnung,
de Hoffnung fi des Leb'n,

sie söd ins stets begleitn,
ins Zuavasicht mitgeb'n.

De dritte Kerzn bring ins Friedn,
an Friedn fi oi Leit,
damit ma mitanonda leb'n
gonz ohne Hass und Streit.

De vierte Kerzn bring ins Liab,
dass mia sie in ins gspian,
sie söd ins gonz durchdringa,
söd ins zur Krippn fian.

Herbert Jordan, Kirchberg

Armeleit Weihnacht

An Siemadreißgajahr vou Weihnachtn – hat ins d' Armut vafolgt. Insa Muatta is so Mitte Novemba ins Spital kemma und hat a ganz a schwari Operation g'habb. Nacha ham s' halt die alti Großmuatta von Oberland g'holt und dö hat – so guat sie 's kinna hat, und sie hat 's wirklich nimma guat kinna – fi ins gwirtschaft. No heit denk i auf dö schröckan Strimpf auf, dö s' ma gstrickt hat. Mia kloan Buam send zu deasn Zeit no iban Winta mit kuschzi Hosn ausgrüst gwesn. Die langa, woian Strimpf send mit Gummistrumpfbandl auffig'häng wordn. Bald da Bua obn a bissei drausgwachsn gwesn is und d' Strimpf unt a bissei ei'ganga send, hat 's zwischn Hosn und Strimpf oft a bissei gfeiht, hat halt a Trimmei nackadi Haut aussagschaut zwischn kuschza Hos und langi Strimpf.

Oi Tag hamma um viaschtl iba Siemi a da Schuimöss knean miassn. Die greßtn Schneeknattln a die Strimpf dru send eascht nacha a da warma Schuiklass z'gonga und d' Strimpf send ganz nett nass gwesn.

Wia halt mei Paarl Strimpf go nimma recht tu hat, hat ma decht die Großmuatta a Paarl gstrickt. Be den easchtn Strumpf is ihr dös dunki Garn z'friah ausganga, aft hat s' halt mit an liachtan weidagstrickt und iba die Knia auffa wieda mit an onan Grau. Da zwoat Strumpf is no tscheggata wordn und wia die ganzn Knäuei Stoppgarn aufbraucht gwen send, hat sie 's halt lassn miassn und drum is da zwoat Strumpf halt oiwei a wenk kischza bliebn.

Gschamb hun i mi oi Tag mit dö Strimpf. Aba die Kält hat ma scho eichig'holfn a dö oi Tag a da Friah no feuchtn Röhrl. Da is ma d' Muatta scho grausig oganga und sist a semma oft hibsch vazagg gwen oi mitnand.

Ja, und nacha is no dös grouß Uglick passiascht, dass s' an Vata zwoa Tag vou Weihnachtn af an Schlidei von Hoizschlag hoambracht hamb. A Bamm hat eahm an Fuaß dreimoi oschlagn. Is scho hibsch dunki gwesn, wie s' 'n bracht hamb, auf 'n Weg as Spitoi.

I woaß no, wiari daschrockn bi wegn den dreimoi obrochna Fuaß und bi a glei schaugn gloffn, wia weit dass 's feiht. Aba so arg is 's go nit gwesn, wie af den Schlietn koani Haxntrümma ummaglegn send und – wia ri glei richtig diagnostiziascht hu – da ganz Fuaß nu dru.

Die Eltern hamb a den gleichn Kranknhaus mitnand rearata Weihnachtn gfeiascht und mia siemi mit die altn Großeltern dahoam.

Und da is a kloas Wunda passiascht: die barmherzing Schuischwöstern hamb dös irgendwia u-daricht, dass 's Christkindl a den Jahr bei eahna a da kloan Stubn fi ins oi kimb. Si hamb ins Post tu, wann ma kemma solln und freudig und aufgeregt semma a da koidn Wintanacht ausdurch zun Christkindl kemma. Und 's Christkindl is kemma. Ganz hascht hamm mas daboat zun schaugn, was ma kriang. Dassn aba trau i ma leicht z' sagn: so schö wia die drei Schuischwöstan und mia siebn Kina „Stille Nacht, heilige Nacht“ mit oi Strophn gsunga hamb, so schö kunntn 's nit amoi die Weana Sängerknabn.

Was meini Gschwista oi kriagg hamb, hun i nimma an Kopf. I jednfalls hun a gstrickti Woijaggn ei'packt ghabb, a schiaga weißi und be d' Örwing mit an graun Garn gflickt. Und wann i nit gwieß gwisst hät, dass dö Jaggn von Christkindl is, hät i gsagg, dass 's ma bekannt fikimb, wei mit an genau an söan Jangga und gleich daflickt, is mei Schuifreind Max zwoa Jahr lang vou be mei a da Schuibank gsitzt.

Aba gfreit hamm ma ins decht, dass 's Christkindl nit ganz auf ins vagessen hat, an Siemadreißgajahr.

schröckan ➢ *schrecklichen, furchtbaren*
a Trimmei ➢ *ein Stück*
tscheggat ➢ *scheckig, gescheckt*
rearata ➢ *weinend*

Hilda Außerlechner, Kartitsch in Osttirol

Rorate giahn in meiner Kinderzeit

„Steah au', Gitsche! Schnell! Måch dih weita, Rorate isch zi giahn!“, håt die Mame schon a påår Mål gschrien, gschmorganz um a 5a.

Zerscht hån ih's freila et recht dåfåsst, wås die Mame mittn in då Nåcht will.

Åbå nåchan, bua, bin ih dåwåcht und mit am Sotz va då mit am Stroahsåck gfülltn Bettstått ausagstiegn. Um 6a isch Rorate. Wieder ausn in die Finster, ausn in die eisige Kälte! So wia ålle Tåge im Advent.

Åbå's Christkindl kimmt båld!

Bis ih fertig giwesn bin mit Wåschn, Unlegn un Kammpl, mit'n Essn va Brennsuppe und Muis, håts van Kirchturm her schon „Hålba“ giläutn. Und a hålba Stunde hån ih leicht gibraucht, van Berge åchn af Sillgan zi giahn,

Mit'm Schlittilan waars wo schnella gång, åbå sell hån ih wegn der Finster et gidörft nehm.

Mit wullane Strümpfe und gsohltn Filzpåtschn, mit am dickn Strickjanga überm Giwandlan, mit Handscha und am Kopftüachlan bin ih, va då Mame mit Weichbrunne gspreng, ban Toar ausn ins Stockdunkl, in die bittre Kälte.

Und va den Seitnwegn her isch ållwa wieder a unruhigis, flåckernds Liachtl kemm und ih hån gewisst, då giahn ah Leit mit a Laterne zi då Rorate.

Wia håt då Schnea geknirscht ba jed'm Schritt. Hände und Füaße san gforn, då Hauch isch weiß au'gstiegn und auf då Nåse isch's Tröpfl zi Eis wordn.

In då va Kerznliacht erleichtetn Kirche isch's ah noh wilde kålt giwesn, erst recht, wenn die Kirchtür in aner Tour au- und zuigång isch.

„Tauet Himmel, den Gerechten!“ Mit a Begeisterung håm die vieln Roratebsuicher mitegsung, mitegibetn und'n Dechant oder'n Kooprata, de würdig vour ban Åltåre gståndn sein, Åntwort gebm.

Feierlich und schian, anfåch a wundersåms Erlebnis isch's Rorate giahn giwesn.

Bis nåch'm Englåmt die Schuile ungfång håt, hån ih, wia ah die åndern Bergakinder, in då Wid'nstube gikönnt bleibm, a bissl zi learn oder ba am Sockn a Stückl weitazistrickn.

Späta nåchan, in då wårmen Schuilklasse håt's afalescht va die starrn, schneabign Strümpfe, Påtschn und van Kittl giatla ochagitropft af'n hilzane Bodn. Åbå des isch früah ålls et aso hagl giwesn und va lauter Freide af's Christkindl håt man jå gearn Opferlan bråcht.

Ih wünschat mir heint noh oft den tiafn, kindlichn Gla'be ån's Christkind, der håt ins Kindern dåmåls genügt, um a Freide zi håbm, um glücklich zi sein. Den Gedånkn an groaße Weihnachtsgschenke, wia's heint aso isch, den håm mir Nåchkriagskinder jå net gikennt.

Schåde, der tiafe Gla'be ån's Christkind, der håt in insrer hektischn und lautn Wohlståndszeit jå fåst kan Plåtz mehr in insern Herzn. Und dechtå, Weihnachtn isch die Zeit, wo jeder an den Åndern denkt und ihm Freide schenkt, gånz nåch'm Aufträg vam liabm Jesuskind in då Krippe zi Bethlehem.

Gitsche ➤ *Mädchen, Tochter*
Wid'nstube ➤ *Stube im Pfarrhaus*
afalescht ➤ *mit der Zeit*

Annemarie Regensburger, Imst

Zugbsuech

A Stund voar der Zug bei ihr'n Huematoart viarfahrt, hat s'es nimme auskhaltn. Bei 'r nagschtn Haltestell isch se aussegsprungen und hat huem telefoniert. „Mama, der Mittagszug hat bei Enk a paar Minutn aufenthalt. Ih hock in Zug drei. Kimmsch an Sprung zun Bahnhof?" Graschteter isch se wieder auf ihr'n Platz gsunkn. „Ih siehch siesch die Mama voar Weihnachtn gar nimme. Iats bin ih decht froah, dass ih ihr's gsejt han."

Gspannt hat se bein Fenster aussegschaugt, wie die Oartschaft in Sicht kemen isch. Da isch die Mueter schue zwejgkemen, aber it lei sie. Bein Vater hat se eikhengt und bejde habm a Tasche gschleppet. Iats isch in 's Abteil Lebm eiche kemen.

„Warum se denn des it friager gsejt hab; die Ladn seidn ja schue zue gwesn. Siesch hat se kennen nouh a paar frische Würstlen holen, dia die Enkelen so gearn megn tatn." Bald hat 's Madl it dersejt, dass Bejde wieder aussteign miaßn, weil der Zug glei a(b)fahrt. „Mir bleibm hockn! Der Tate fahrt lei bis zur nagschtn Haltestell mit, weil er hein nouh a Paar Schuech zun Dopplen verhoaßn hat. Aber ih bleib bis Innsbruck."

Gsejt und der Zug hat schue pfiffn. Des isch a Huengert gwesn. Ma hat in Vater direkt ou(n)gsechn, dass es ihn gruit hat zun Aussteign; aber verhoaßn isch verhoaßn. Bei 'r Mueter isch es iats earsch richtig los gangen, weil's ouh amol wohl tuet in Madl zun sagn, dass der Vater schue a bissl verloarn weard. „Nia hat er mih so noatwendig braucht wie iats!"

Vo Schwaz weck isch se unriahwig gwoarn und hat zun auspackn ou(n)gfangen. „'s Packl auf Weihnachtn han ih schue weckgschickt!" Wia froah isch se gwesn, dass se iats nou Äpfl, Keks und an Zaltn kejt hat. Lei halt dia Würstlen und ouh nouh von Bäck frische Semml, dia nianig so guet sein wie derhuem, habm ihr alm nou gruijt.

Wia der Zug in Innsbruck eigfahrn isch, hat se nouh vo zintersch a Taxe außekhoult. „Nachtn hat der Tate in Bam bracht." Gach isch se über die Staffl oche, dass niamed die Zacher sehchn sellt. Earsch a Drumm virche hat se sig nouhamol umdrahnt und gwunkn.

graschteter ➤ *ruhiger*
gach ➤ *schnell*
Staffl ➤ *Stufe, kleine Treppe*
Zacher ➤ *Tränen*

Hubert Brenn, Längenfeld

Di zwoe Seiten vo Weinachtn

Do höcket oer auf an Banklan in an Parke zemittlat in dr Schtodt. Es ischt kolt, schneibm tüets, und bei an sellan Wetr höcket man eigntlach in ar wormen Schtuben und trinket a Schalele hoeßn Tee ödr Kaffee, obr nit auf ar koltn Bonk in Freien. Er trinket ö, obr nuicht Worms, er trinkets aus a Floschen, die ar mit klommen Hendnen hebet. Olm widr trinket ar draus. Er hot an oltn, ogetrognen, ogewetzatn Montl on, werchrt vileicht wöll worm sein, a wullane Koppa au, lechrige Hendlinge, aus den di Finger außa schaugn, und ausgelatschate Schüehe. Nebm nen hot ar a Neilonsackle schtean. Wos det genau dinnat ischt, ischt nit ze seahn. Di Leite hobms geneatig und schpringen hoschtig fier. Atie eppar schauget kurchrz züe nen onhn, di moeschtn ibrseahn nen oefoch. Er höcket do, nimmet hi und do an Schluck aus seir Floschen, die e bold amol lare sein werchrt, und lot di Walt Walt und di Leite Leite sein. Er ischt zefridn drmit, sölonge se nen in Rüe lossn. Oefoch in Rüe. Es schauget aus wos wenn ar gor ninderchrt hin schaugat.

Di Schtroßn sein völl von Liechtern in ollerhond Forbm. Es blinket, leichtet und schtrolt, wos wenn tausig nuie Schterne an Himml augongen warn. Ausn Gscheftsheisern außa herchrt man Musig. Weinachtsmusig, sieße, riersealig, mit Schtimmen wie vo Englen, foscht kitschig. Er lösnt züe und herchrt decht nuicht. Er sinnierchrt grod, wö ar eppan heit schlofn werchrt. Öb ar nö a Platzle findet in der Schlofschtelle, die se fier Leite wie in ingerichtet hobm. Öbs eppas Worms geit, a Tallar Sipple ödr a Glos Milch mit an Schtuck Bröet. Grod eppas zwischn di Zende, wos aweag auwarmt. Vileicht ö is Harchrz.

Amol hot ar ö onderchrt gelebet. Hot oegne Leite gehobm, die auf nen gschauget, si um nen gekimmerchrt hobm. Obr dos ischt olles schöen longe hea, ischt vielleicht in an ondern Lebm gewesn. Er hots foscht schöen vrgessn. Man konn Pech hobm in Lebm. Man konn folschn Freindnen in die Finger gerotn. Man konn Falar mochn. Sö vil konn gscheahn. Und sö vil gschicht. Wer schtork ischt, genüeg auf si salt drschauget, atie ö koe Ricksicht nimmet, kimmet durch, ibrlebet, mochet si. Di Kloen, di Schwochn, die si nit salt drhalfn, drhongen et. Wie er. Und er nimmet widr an Schluck und schpielt olles weck und ohn und hot lengscht schöen vrgessn, wos Weinachtn ischt.

Jede Gschicht hot mindeschtns zwoe Seiten, ö di Weinachtgschicht. Do ischt di helle Seita mit vil Liecht und Glonz, mit Glöria und Halleluja und mit Engelen und Paktlen und Kinderögn, die schtroln vöer Frede. Und do geits obr ö nö di dunkle Seita one den gonzn Firlefanz, do sein Leite, die nit wissn wöhin, vo wose und ze wose. Die koe Doch ibrn Köpfe hobm, die a Platzle süechn, die man nit inha lot, die man widr außn jet, denen man koe Zukumft lot. Ö bei ins, wös ins decht ollan asö güet geat, in an Londe, dos oes vo di reicheschtn sein sell. Di dunkle Seita sellt man or ausdrblendn, weanigschntns ze Weinachtn, den Fescht von Fridn, völler Frede, vo dr Liebe, vo dr Vrzeihige. Is Krischtkind ischt ze ollan Leitnen kemen, nit lei ze aporan. Ö wenns et asö ausschauget. Do ze vil, det vil ze weag, nit amol wos nöetwendig war; do Ibrfluß und Vrschwendige, det Ellat und pure Nöet; do Glitzer und Tond, det unterwegs, auf dr Flucht und Herbergsüeche.

Es mießat nit sein, daß do oer alloenat auf an Banklan zemittlat in dr Schtodt höcket, weil ar ninderchrt mea drhoemat ischt. Es mießat nit sein, daß an onklöpfn und ogewisn wern. Es mießat ö nit sein, daß sövl ibrig bleibet und weck gschmissn werchrt, wos ondere asö nöetwendig breichtn. Es mießat sö vil nit sein. Is nit scheane, in dr Loge ze sein halfn ze kenntn? Jo, und daß is nit vrgiß: Scheane Weinachtn ollan!

geneatig ➤ *eilig*

Du herzig-liabs Biabal, leg die eina zu mir – Liebe und Heiraten

Gstanzln

Ja fensterln bin i ganga:
abas Fensterl war zua,
und i denk ma, mei Deandl
schlaft in himmlischer Ruah.

Abas 's Deandl, jetzt woaß i's,
schlaft net alloan,
des kann ja koan doppelten
Schnaufer net toan.

Steig nur auffa, schliaf eina,
bei mir is guat liegn,
hat a jeder Bua gsagt,
der da aufi is gstiegn!

Geh schau mi recht an,
mit die himmelblaun Augn,
i möcht gern a bisserl
in Himmi einischaun.

Die Fink, die haben Kröpferln,
da singens damit,
und mei Weib hat an Kropf,
aber singen kanns nit.

Du blauaugats Deandl
i hab di so gean,
i kunnt wegn deine Äuglan
glei a Augnglasl wean.

Dass ’s Bussln an Bart macht,
dös is ja net wahr,
sonst hätt ja mei Deandl
längst ’s Gsicht voller Haar.

Ans Fischbachl bin i ganga,
am Fischbachl hab i gfischt
und hab statt an Fisch
a liabs Madl dawischt.

Wia heacha die Berg,
wia scherfa die Wind,
wia scheana dös Diandl,
wia kleana die Sünd.

Verliabt is der Gimpl,
verliabt is der Spatz,
verliabt is der Stieglitz,
a jeds hat sein Schatz.

Hun nix wia a Häusl
und a gscheckate Kuah
und a Spinnradl und a Bettstattl
und a Diandl dazua.

Die Nacht is mei Diandl
schean woach und schea rund,
aber ban Tag beißt sie her,
wia a bugglter Hund.

Und a Schallei Kaffee,
dös hebt ’s Herzei in d’ Höh,
und a Bussei dazua,
dös is guat in der Fruah.

De Gamserln ham Krickln,
de Hirschn ham Gweih,
und guat liegn wars schon allweil
bei de Madln nebnbei.

A Schwalbn macht koan Summa,
zwoa Jungfern koa Kind,
hingegn bei zwoa Liabsleit
passiert so was gschwind.

Viel bildschöne Dirndln
san rund umadum,
aber i hab dös meine
und i schau mi nit um.

Du herzig-schöns Diandl,
du wunderliabs Kind,
bei dir war guat schlafn,
bei dir wars koa Sünd.

S'Diandl hat gsagt:
was bist denn für oaner?
Wannst koa Tiroler bist
is mir lieber gar koaner.

Bin a lustiger Jaga,
geh raus in den Wald,
und i schiaß, was mi freut,
und i liab, was mia gfallt.

Und a Stutzal zum Schiaßn,
und a Hundal zum Jagn
und a Diandl zum Gernhabn,
muaß a frischer Bua habn.

Und i woaß mir a Glöggal,
das hat an helln Klang,
und i woaß mir a Diandal,
das hat an schean Gang.

Oa Schwalbn macht koan Summa,
oa Maurer koa Haus,
und wegn oan Diandl rearn,
dös zahlt sie nit aus.

Du herzig-liabs Biabal,
leg die eina zu mir,
für des aber, was d'anstellst,
muaßt guatstehn dafür.

Du liegst ma im Bluat,
du liegst ma im Sinn
du liegst ma im Herzen
drei Klafter tiaf drinn.

's Deandl hod an Seufza tan,
hat gseufzt: „Liaba Gott",
wia da Bua übertretn hod
as sechste Gebot.

De Braut und da Bräutigam
toan gor so liab schaugn,
und in a poor Monat'
hängan d'Strampla am Zaun.

A Büchserl zun Schiaßn

A Büchserl zun Schiaßn, a Hunderl zun Jågn,
und a Diandal zun Gernhåbn, a Diandal zun Gernhåbn,
muaß a jeder Bua håbn, muaß a jeder Bua håbn.

Ref.: Huidi riduljo, jetzt gehn mas auf die Ålm, huidi
riduljo, i låss mei Stutzerl knålln.
Huidi riduljo, jetzt gehn mas auf die Ålm, huidi
riduljo, wohl auf der Ålm.

Vom Gamsbock die Krickerln, vom Hirscherl dås Gweih,
vom Spielhåhn die Federn, vom Spielhåhn die Federn,
vom Diandal die Treu, vom Diandal die Treu.

Ref.: Huidi riduljo, jetzt gehn mas auf die Ålm, huidi
riduljo, i låss mei Stutzerl knålln.
Huidi riduljo, jetzt gehn mas auf die Ålm, huidi
riduljo, wohl auf der Ålm.

Am Sunntåg is Kirtåg, då gehn ma zun Tånz.
Der Hansl führt d' Nannerl, der Hansl führt d' Nannerl,
und die Gretl führt der Frånz, a so gehn s' zun Tanz.

Ref.: Huidi riduljo, jetzt gehn mas auf die Ålm, huidi
riduljo, i låss mei Stutzerl knålln.
Huidi riduljo, jetzt gehn mas auf die Ålm, huidi
riduljo, wohl auf der Ålm.

Krickerl ➤ *Hörner der Gämsen*

Bin ein und aus gång' übers gånze Tirol

Bin ein und aus gång' übers gånze Tirol,
då gfålln ma die bäurischn Madlan so wohl.
Dianal, dei Jugend, dei schöne Manier,
|: dei kreizbrave Tugend håt mi hergführt zu dir. :|

Ref.: Holladi hollari düria hollari düri, hollari düria hollari düri, hollari düria hollari düri, hollara düria ho.

Jå, wenn du mit die Busslen so neidig willscht sein,
so tua sie in a Fassl und boaz das guat ein.
Nimm Sålz und an Knoufl und schrauf das fest zua,
|: jå, då werdn s' dir net ranzig und es steahlt das koa Bua. :|

Ref.: Holladi hollari düria hollari düri, hollari düria hollari düri, hollari düria hollari düri, hollara düria ho.

Jå, wenn du mit dein Herzlen so neidig willscht sein,
so tua 's in a Schachtal und påck dir 's guat ein.
Nimm a Papierle und bind dir 's fescht zua,
|: jå, då werd 's dir net staubig, kimmt koa Bua net dazua. :|

Ref.: Holladi hollari düria hollari düri, hollari düria hollari düri, hollari düria hollari düri, hollara düria ho.

Aber du herzigschöns Diandl

Aber du herzigschöns Diandl,
o du wunderliabs Kind
und bei dir möcht i schlafn,
ja bei dir wars koa Sünd.

Ref.: Hellauf geht d'Sunn auf, sie kommt von Osten herauf,
sie scheint auf mein Diandl sei Fensta und weckt sie
vom Schlaf auf.

Aber du herzigschöns Diandl,
kraus dir auf deine Haar –
und dei wunderliabs Kranzl
muaß no oba des Jahr!

Ref.: Hellauf ...

Aber du herzigschöns Diandl,
ja bei dir steht die Wahl –
kannst ja an andern Buam liabn
wann scho i dir nit gfall!

Ref.: Hellauf ...

Du flachshaarat's Diandl

Du flachshaarat's Diandl, i hab di so gern
|: und i kunnt wegn dein Flachshaar a Spinnradl wern! :|

Ref.: Di å-i-ri, di å-i-ri, di rallalala, di la-i-ri tridl-du-i- å,
tridl-du-i- å, trallalala.

Du blauaugat 's Diandl, i hab di so gern,
|: und i kunnt wegn deine Äuglan an Augnglasl wern. :|
Ref.: Di-...

Und 's Diandl hat Äuglan wia im Himml die Stern,
|: und so oft i da einischaug, möchte i narrisch grad
wern. :|
Ref.: Di-...

Du liegst mir in' Augn, du liegst mir im Sinn,
|: und du liegst mir im Herzn drei Klafter tief drinn. :|
Ref.: Di-...

Werner Pirchner, Hall

wo das büchserl knallt

Text aus „ein halbes doppelalbum"

in da herrgottsfruah
durch die waldesruah
auf die alm
zu seiner sennerin
geht da jagersbua
und weils fensterl zua
kommt durchs türl zu
gehn ihm in den sinn

hollariahoh!
ja, wen seh i do?
sagt die sennerin –
doch er fallt ein:
freu di ned a so
i will mi vero-

bschieden, denn die
pflicht tut uns entzwein

in dein baunzerl drin
du mei sennerin
steck i liaba
als in uniform
doch ins feld zu ziehn
kann ich nicht umhin
denn den frieden hat
da feind verdorbn
wo das büchserl knallt
und das bomberl fallt
und s granaterl zwit-
schert durch die luft

jo, do wiast ned alt
kommst ins graberl bald
oder gar in eine
heldengruft

und er geht davon ...

nach drei wochen schon
kriagt die einsame
jungfrau an briaf
von sein batallion
aus sowietunion
denn der bua liegt
schon drei klafter tiaf

in dem briefe stand:
er gab herz und hand

allzufrüh, denn er
war noch so jung
unser
vattaland
sendet euch kulant
einen orden als
entschädigung

Stephan Mathoi, Sänger und Komponist
der Mundartband „TOI“, Wenns im Pitztal

Sei still

Sei still
Weck d’Walt it au
Lous zua, wia ruhig sie schnauft
Denn lei so lång sie schlåft
Sei mir zwoa, lei mir zwoa

Låss d’Walt verschlåfe
Kånn sie kuan stråfe
Sie wåcht vo salber friah g’nuag au

Stephan Mathoi, Sänger und Komponist der
Mundartband „TOI“, Wenns im Pitztal

Mein Grund bisch du

Månchmål fråge mi die Leit
Muansch du schu es isch g’scheit
Wenn du lei umche hocksch
Und dir Blödsinn inbrocksch
Und åb dem Zeitpunkt då röid i nummå mit

Und vermeid a morz G'schtritt
Indem i still bin und tiaf in mir drin
Mei Stimm auf wås schians trimm
Und döis bisch du!

Mei göigeüber, vo mir schu länscht ignoriert
Åber der nou immer lamentiert
Sieht mein Smile, merkt mei Welt isch heil
Und er suacht nåch an Grund
Wårum isch sei Löibe it bunt
I kannt's ihm såge, Baby!
Mein Grund bisch du!

Und wenn ålles schreit
Wöige z'wianig Zeit
Dear Sekundezoager für die nächste Runde bereit
Mei Löibe in dear Sunne leit

Wenn ålles sou laut pleart,
dass d'Walt si salt numme heart
lei weil an jeden steart,
dass uan it nou mia k'heart
Bin i bei dir

Hock in d'r Sunne
In d'r Hånd a küahls Bier
Und der Typ nöibe mir
Quatscht mi ån
Ob i nix bessers z'tia hån
I sött mi schleiche
Sinsch gibt's Schlöig in die weichen Teile
Åber mi ereilt kua Eile
Mein Grund bisch du

I kånn lei gånz entspånnt grinse
Der Typ denkt er håt an Knick in d'r Linse
Döis isch ihm nui
Dios håt sich kuaner nou traut
Weil er g'wöihnt isch,
dass normalerweis jeder å'haut
und so isch aus seim Zoare Verwunderung g'woare
Allua hat i döis nia g'schåfft
        Mein Grund bisch du

Und wenn ålles auszuckt
Sich vor Gier verschluckt
Und sich gegeseitig permanent in d'Suppe spuckt
Då bin i lei nåch dir verruckt

Und wenn a jeder ausflippt
und sich nieder kippt
sich die Kante gibt
Chance um Chance versiebt
        Denk i ån di

1912 – Es stroaft der Eisberg die Titanic
Panik!
Ålle loufe durchnånd
Es schiaßt Wåsser durch d'Wand
Kuar isch mehr bei Verstånd
Und als uanziger bleib i stiah
Bin schu nåss bis zu die Knia
Iatz geaht's auf weil mir giah unter
Åber i bleib nou munter
        Mei Grund bisch du

Es herrscht a morz Radau
Weiber krische au

Mir weard zwår bissi flau
Åber då pfeif i drau
In dem Moment håt's in Bug in d'Höach g'risse
Es Streichquartett ån Deck spielt „Månche Leit geht's g'schisse"
Es Nordmeer zarrt mi å'wärts ån mein G'wånd
Mei Löibe louft å auf're innere Leinwånd
Und ålles wås i g'mächt hån oder numme gånz g'schåfft
isch schu fåst numme wåhr – lei du bisch nou då
Und s'nächste wås passiert isch: i sing im Paradies

Ohne di war i nia då – döis isch g'wieß
Mir weard nia z'kålt
I siech nia schwårz
I wear nia ålt
Mir weard nia fad
Und i bin ou numme g'stresst seit i di kenn
Und Ångst isch a Fremdwort für mi
I bin numma feig, siet i di kenn bin i numme feig
Und z'laut bin i ou numme; außer vielleicht iatz gråd a bissele

Christa Winkler, Innsbruck

Liab hobm

liebe hoaßt nit, i will di hobm
du muasch mit mir redn, sollsch olles sogn
liebe hoaßt a nit, immer nur gebm
hoaßt nit, du muasch oder i will di sehgn
dia wohre liab, die isch im herz
dia losst olles gschegn und versteat jeden schmerz
dia sagt sehr oft ja, aber na sagt se a
weil i mog di gern, und mi mog i a.

Walter Hölbling, Dialektmusikgruppe Findling, Rum

Eingraviert in mir

Es warn so viele Stundn, de ma zsammen unterwegs warn
Sunnentag, de allm viel zu schnell vergian
und oft amal da Regn, in dem ma tropfnass gstandn sein
des alles gheart dazua, war wichtig und war schian

I woaß es no wia heit, wo mir zwoa gstandn sein
unterm schwarzn Himml, mittligsch in da Nacht
die Venus war dei Stern, da blaue war für mi
die kaltn Händ im Ärml, mir ham gfrorn und mir ham glacht

Heit isch viel von dir ganz tiaf eingraviert in mir
dei Mitgian und dei Lachn, jeder Hauch, den i von dir gspiar
niameahr kannts so finschta wearn, dass i nimmer hinfand
zu dir, an dei Seitn, zu dir, wohin i ghear

Oft hasch di gfrag, wo gea i um, wo denk i hin
und allm bisch zu mir gstandn, a wenns dunkl war um mi
du hasch mit mir glittn, mit mir greart und mit mir gschwiegn
was kannt mi da no umhaun, bei so am Freind wia di

Grode Straßn, steile Weg, alle sein ma gangen
und ab und zua a Kreizung, wo nit gwieß war, wo geahts hin
wo i viel'z schnell unterwegs war oder schellawengat gangen bin
hasch du nach meiner Hand glang, hasch ma Oberwasser gebm

schellawengat ➤ *unsicher, wankend*

Hilde Eppensteiner, Innsbruck

Mei Herz des isch a Öfele

Mei Herz, des isch a Öfele,
muasch allweil nachischiern.
's weard nia von seiner Wärm verliern,
gibsch ihm dei Liab zum Schpiern.

Mei Herz, des isch a Öfele,
des allweil hungrig isch,
weard hoaß und ganz verschwenderisch,
wenns Nachlegn nit vergisch.

Mei Herz, des isch a Öfele,
des in dei Häusl gheart,
des, wenn du nit drauf aufderpasch,
ganz kalt und finschter weard.

Berta Margreiter, Reith i. Alpbachtal

Warum

Wenn de Liab scho
wia a Sonnenaufgang
am wolknlosn Himml
beginnt,
warum muass's dann
so oft
wia a Unwetter
endn?

Rosi Lochmann, Langkampfen

Wos da Papa sogg

Diandl lass di ned gean weida,
gehst iatz in a andas Haus.
Lasst die Mamm und mi alloanig,
nutzt ja nixn, ziach nur aus!

Hu die Muatta damois weck ghoit,
vo ihrn Votta – woaß' nu guat.
Vo de Gschwista, vo da Oma,
hu ned denkt, wia weh des tuat.

Diandl kim ma manchmoi wieda,
boi i oit und gwundrig wer.
Schau ma diamamoi nu nochi!
Diandl, i valang ned mehr.

Rosi Lochmann, Langkampfen

Wos da Opa sogg

Denk i zrugg, wia mia homm gheiradt,
damois war da Kriag grad aus.
Und de Mamm a junge Wittib
mit an Kind alloa im Haus.

Winta war und nix zum Essn,
übaroi de Hungasnot!
Ois daschlogn, zaschossn gwesn,
ningascht Arwat, ningascht Brot!

Ja, so homma damois ugfong,
gsparig, fleißig somma gwen.

Und koa gawichts, zwidas Wörtl,
insa Zommsei – des war schen.

Sog enk, sads oim brav und uandla,
ned lang schimpfn – grod vasteh – !
Winsch enk Glick vo insan Herrgott,
gschoffts hoit guat, donn weads scho geh!

Kathi Kitzbichler, Erl

Seitn an Seitn

Seitn an Seitn,
gemeinsam durchs Lebn,
hoaßt liam und vazeichn,
hoaßt nemma und gebn.

Seitn an Seitn,
oft schwar und oft sche,
es is scho a Wagnis,
des Mitanondgeh.

Seitn an Seitn,
wean mia longsom oit,
und warman anonda,
wenn oana hot z'koit.

Hans Haid, Längenfeld

aufgesprungene	augschprungene
kastanienschalen	käschtnenschoolen
mantelkragen aufgestülpt	montlkroogn augschtilpet
bald herbst	bold herbescht
keine sonne	koa sunna
unter dem regen die füße	untrn reegn die fieße
vier füße nebeneinander	vier fieße nebmnondr
unter dem	untrn
aufgespannten regen-	augschponnatn reegn-
schirm	schirme
pfützen auf den straßen	lacken an strooßnen
zusammengeblasene blätter	zsommgeploosne plättr
er gibt ihr	ear geit iir
sie ihm	si iin
einen regenschirm	an reegenschirm
eine kastanie	a käschtna
eine hand voll wind	a hont völl wint
und	und
ein wenig sonne	a weag sunna

Hubert Brenn, Längenfeld

Drauskemen und Drinkemen

Schöen longe geats nen numma güet. Drbei kannt olles asö scheane und fein sein. Is jo eigntlach. Obr, do ischt an Obr, und do ischt a Wenn, obr wenn ... Vil geat nen durchn Köpf. Dos hatt ar si nie drworchrtet, dos hatt ar nie gemoet. Daß es dos geit, jo, sall hot ar schöen gewescht, und daß es nit is erchrte Mol ischt, sall ö, obr ausgerechnt er, na, sall hatt ar si nie gedocht, nit amol fierschtelln hot ar sis kennt. Und iez is gscheahn, iez is passierchrt, und ausgerechnet in hots drwischn gemiescht. Fein kannt ars hobm, güet gean lossn kannt ar sis, und koene Sargn hatt ar, außer sellane holt, die e a jedr hot. Obr iez hots nen inhn gerissn, iez hots nen drwuschn, öerdelach ö nö, und iez höcket ar dinnat. Er schittlt in Köpf, one daß ars woeß, daß ars tüet. Er krotzet si und gschpierchrts nit amol. Er gschpierchrt ibrhaupt nuicht und decht asö vil. Wie schöen longe numma, eigntlach wie nö nie in sein Lebm. Er denket zrugge, er schauget zrugge, und er sicht sei Lebm wie an Film si owicklen und oschpiln. Ajo, det, wie ar si entschlössn hot Pforrar ze wern, det hot ar si ö asö gfilt, asö bsunders, asö unwirklach, asö gonz ausgsüechet, schier ungleblach, und schier aweagele ogehöbm sögor. Und drnoch freilach an den Toge, wie ar geweihet wöern ischt. Det hot ar se ö gehobm, die gonzn Höechgfile. Und iez ö, gonz höehe, schpezielle Ögnblicke, und gleichzeitig gonz tuif dinidn und ohn gedrucket. Es dorf nit sein, es sellt nit sein, es hot nit ze sein. Und decht – es ischt. Decht. Und töll. Und Wirklach. Es ischt, wos nit sein konn. Obr sall konns oftr ö nit sein, weils jo ischt.

Drbei hot olles asö normal und harmlös ongfongen. Er ischt ols Pforrar in dos Darf do hea kemen, und er hot si dribr gfrebet. Er hot olles gern geton, wos ar ze tien gehobm hot. Und sall ischt nit weag gewesen. Mit gonzer Kroft und mit an tölln Eifer hot ar si drau ingelot. Er hot si inbrocht, ischt iberoll züehn gongen, ischt auf di Leite züe gongen, hot mit geton, und er hots bold amol gschpierchrt, daß ar auf an güetn Wege ischt, auf an richtign, der nen gen Leitnen bringet. Er hot gewescht: dos is, asö geats, und asö gelingets. Di Kircha ischt widr völl wöern, di Leite sein kemen und hobm mit geton, di Jungen gleich wie di Oltn, di Kirchnschpringar genau asö wie die vo dr Seiten, und es ischt schier olles vo salt gongen. Er hot gschpierchrt: sei Orbat ischt gsegnt, er konn in Leitnen in Herrgött aweag neahnar bringen. Si lossn si eppas sogn, und er brauchet nit vil ze sogn ödr ze bettlen ödr gor ze mauln, si tien, um wos ar se froget, si tiens, wenn ars set, und si tiens gern und mit Frede. Und er hot zefridn sein kennt und er ischt zefridn gewesen, mit si und mit Gött und mit dr Walt, und er hot si dribr gfrebet, daß ars asö tröffn hot, asö güet tröffn hot.

Freilach hot ar mitn Leitnen ze tien gehobm, mit ollerhond, mit vil Leitnen. In Oltersheime, mit di Minischtrontn, mit dr Jungschor, bein Vereinen, in dr Schüele, er hot iberoll mit geton und eppas ze tien gehobm. Er hot di kronkn Leite bsüechet, wenn se drhoem gelegn sein, und genau asö, wenn se in Schpitole gewesn sein. Wö und wenn man nen gebrauchet hot, ischt ar gewesn, und di Leite hobm gewescht, do ischt oer, auf den man si vrlossn konn, der fier an do ischt, wenn man nen brauchet. Und si hobm nen nö liebar gemecht und nö tellare Schticklen auf nen geholtn. Und drbei is holt gscheahn. Oefoch asö. Er ischt in dr Schüele gewesn, wö ar Religiönsschtundn gehobm hot, und in der Pause hot ar mit di oen Lerar in Konferenzzimmer ö an Kaffee getrunkn. Ollemole, wenn ar in dr Schüele gewesn ischt. Und er hot mit geredet und mit geluttlt und mit getroelt und mit gelochet, wie man holt aös tüet, in di Pausn in di Konferenzzimmer vo di Schüeln. Und si ischt ö olm drbei gewesn, oene vo di Lerarn. Si ischt ö nit vo do gewesn und hot aufanöerchrt a kloene Wonige gehobm. Si hot ö in dr Kirchen mitgehölfn, und si hobm atie eppas auszemochn gehobm. Si ischt drzüe et atie in Widn kemen, wenn ar se drum gfroget hot, und si hobm si nuicht drbei gedocht. Obr olm eftar isse bei nen gewesn. Galign sein se atie an Nommittog mitnonder schpaziern gongen, ödr in Wintr schiforn ödr longlaufn, und drnoch hobm se sögor mitnonder Ausflige gemochet. Si hobm si olm nö nuicht drbei gedocht. Lei – di Leite hobm breits ze redn ongfongen, hobm nen nochgschauget, wenn se mitnonder durchs Darf gongen sein ödr in di Kircha inhn ödr si in Widn ödr, wos oftr ö gscheahn ischt, er ze ier in di Wonige. Si hobm geton, wosn se ze tien gehobm hobm, hobm di Liedr fier di Messn ausgsüechet, an Kirchnschmuck fier di Feichtoge, si hobm gelochet und atie a Hetz gemochet, und si hobm ö ibr ernschthofte Sochn geredet, wies unter Freindnen ö iblach ischt.

Und galign oftr hot ar gemerket, daß es mea sein kannt, daß es mea wearn kannt, und wie ar mit ier dribr geredet hot, hot se gset, daß es er ö gleich geat. Si sein si ausn Wege gongen, si hobm si ausgschtellet, si hobm si numma ongschauget, si hobm numma mitnonder geredet, si hobm olles geton, wosn se tien kennt hobm. Es hot holt lei nit vil genutzet. Man konn schöen tien, wos wie wenn nuicht war. Obr es geat nit longe güet, wenn decht eppas ischt.

Wie öfte hot ar bei Höchzeitn gepredigt, daß di Liebe vo Gött kimmet, daß di Liebe a Himmlsmocht ischt. Mei, wos hot ar nit olles gset ibr di Liebe. Er hot sö schenae dribr redn kinnt. Gött ischt di Liebe. Is wichtigschte Geböt ischt di Liebe. Die Liebe is, um wos es geat in menschlachn Lebm. In hot se iez draus brocht. Er woeß numma, wos recht ischt, wos ar tien sellt, wies weitar gean sellt. Nachteweis und togelong hot ar gebetet, hot gehöffet, daß es an Ausweg geit. Obr gfundn hot ar bis iez nö koen. Do ischt a Monnaz, und do ischt a Weibaz. Fierandonder bschtimmet. Und decht dorfs nit sein. Worum eigntlach? Herrgött hilf!

galign ➢ *dann, mit der Zeit*
Widn ➢ *Pfarrhof*

Annemarie Regensburger, Imst

Nachnt

Nachnt
mecht
ih dir
sein
wie gearn
war
ih dir
nachnt
wie nachnt
kannt
ih dir
sein
wenn
ih dir
so nachnt
sein kannt
wie ih
mecht

Hilde Eppensteiner, Innsbruck

Viel Tag

I hab mit dir so viele Tag durchlebb,
de jede Schtund a neues Muschter gwebb.

Hasch mir des erschte Frühlingsschträußl brockt –
hasch di mit mir auf so viel Bankln ghockt –
im Sommer hasch mi durch die Wälder gführt,
wo mir so dankbar Ruah und Schattn gschpürt,
den Herbscht mit seinen buntn Farbm gsehn.
I siehg uns heut no vor dem Wunder schtehn,
dass viele Flockn auf uns niederfalln,
de über Nacht a Winterlandschaft maln.

Viel Jahr lang hasch dein Arm um mi glegg,
hasch mi mit Liab und Fürsorg warm umhegg,
und jede Schtund, de uns fürs Gearnhabm bliebm,
hat wia a Märchen sich ins Herz uns gschriebm.

I hab mit dir a halbes Lebm durchlebb.
Bin jetzt alloan, koa Wunder weard meahr gwebb.
Do dankbar bin i für de schiane Zeit,
für jedn Atemzug Glückseligkeit.

Mand'l ob'n Hunger g'schob'n – Land der Berge

Gipfelsprüche

Mand'l ob'n
Hunger g'schob'n,
Rucksack unt'n,
Knia derschund'n.

Der Schreck steckt mir noch in die Glieder,
doch aufikommen werd' ich wieder!

Zünftig war's, a bisserl steil,
leise klingt's: Berg Heil! Berg Heil!

Aufi sein mir kommen,
do gibt's koan Zweifel,
wia mir aber obikemmen,
dos woaß da Teifl.

Des Blasers Nam' zu Recht besteht.
Weil's oan leicht oba blast, wenn's wohl no aufigeht.
Blast der Wind von hint', ist er Dir wohlgesinnt,
doch packt er Di von vorn, hat er auf Di an Zorn.

Auf's Galtjoch aufi g'schundn, Brotzeit gemacht,
Hirsch gesehen, an dich gedacht!

Endlich sein mir ob'n am Gipfel,
in der Hand den Hartwurschtzipfel.
Nacha secht's uns wieda obi hatsch'n
durchs Geröll und zache Latsch'n.

Jetzt san mir oben mit Müh und Not
und san schon halbert klinisch dod.

Hier gibt es koan Benzingeruch
und keinen Krieg Nah-Ost,
a guate Jaus'n und a Bier –
i wünsch Berg Heil und Prost!

Das Wetter ist trüb,
der Geist tut klar'n,
wie gut, daß wir hier oben war'n!

Kennst Di aus, woaßt, wos i moan?
A Berg is nix anders wia a mords Trum Stoan.
Aba drob'n auf'm Gipfel, des sog i allemoi,
is' vi schena wia drunt'n im Toi!

Heroben auf dem Freiger sein mir g'sessen
und haben g'miatlich a Jäusl g'essen.

Auf die Berg bin i gern,
ja, da g'freut sich mei Gmüat,
ober mir glanzen die Stern,
hab die Ewigkeit g'spürt.

Der Wind pfeift um des Stoanermandl,
zu dem ich mich jetzt zuawi handl.

Der Alixander ist nit gut beieinander,
hat das Handtuch g'worfen noch vor diesem Tschorfen.
Doch i, i saus weiter, laß stehen den Heiter,
hab' den Gipfel bezwungen, a Loblied mir g'sungen.
Aber alm no isch der Alixander lötz beieinander,
hockt untem am Steig, isch zum Weitergiahn z'feig.
Bring mit obi zu Hütt'n, werd er mi bitten –
und i trag ihn runer, kreuzfidel und saumunter.

Frau Steppen aus Saxen
hat trotz ihre Haxen
den Gipfel bezwungen
– und des g'hört besungen

Harry Prünster (Moderator und Entertainer), Schwaz

Harrys Hütten-Knigge

Dass dei Wånderung wead nia zur Quål,
beginnt die Voabereitung schu im Tål.
Da beschte Weg über Wåldsteigerl und Mugeln,
låsst sich vorher locker „googeln“.
Auch soll sich koana davor genier'n,
die Hütt'n kurz zu kontaktier'n.
Denn Wåndan mächt durstig, und stell da voa,
du standsch auf oamol vor g'schlossnam Toa.

An wås ma nu denkt in sein Haus:
„Wia schaug mei Rucksåck innen aus?“
Nimm Speck, Obst, viel Wossa, Brot und an siaß'n Riegl,
dånn bleibsch fit und tuasch wås für'n Bluatzuckaspiegl.
An Regenschutz und's Vabåndspacktl hausch a hinein,
man muass decht auf ålles vorbereitet sein.
So iatz ku mas endlich wåg'n,
sich mit die Bergschuach fescht bergauf zu plåg'n.

Wer länger obn bleibt auf oana Hütt'n,
den tat i nu um folgendes bitt'n!
Nimm dein Schlåfsåck selba mit
Und a Stirnlåmp'n isch sowieso a Hit.
Denn fålls im Låga du willsch bleib'n,
muasch nit im Dunkln aus da Bettstått steig'n.

Månch oana leb gånz notorisch
sozial bedrohlich olfaktorisch.
Sein Bergschuh tråg an strengen Duft,
drum muass er unbedingt in die Luft;
im Zimma håm dei nix valuan,
sunscht kriag da Bettnåchbår an Zuan.

Die Hausordnung les'n, weil sie Tipps dia gibt,
wennd di dru hoitsch, måchsch di beliebt.
Willsch Sorgen du mit Alk vertreib'n,
dånn is gscheita, du tuasch beim Heirig'n bleib'n.
Megsch dei eigene Jaus'n du verzehr'n,
dånn tuasch di aus da Hütt'n scher'n.
Wer sich nämlich an einen Tisch gesellt,
schu aus Höflichkeit beim Wirt bestellt.
Kocht weart mit Rezepten – mit jungen und mit ålt'n,
bitte tua di an die Speis'kårt'n hålt'n.
Extrawürscht brauchsch koane bråt'n,
deis mecht i da grod a nu råt'n!

Dass die Natur bleibt Hochgenuss,
beherzig' a nu deis zum Schluss!
Wirf nix weck und måch koan Mischt,
denk' dru, dass du Vorbild bischt.
Hütt'n sein koane Beis'ln auf felsiger Stell',
na – sie hom a Geschichte und sein a Juwel.
Gib auf'n Berg da Ehrfurcht Plåtz,
dånn bisch auch du a Gipfl-Schåtz.

Zuan ➤ Zorn

In Langs, da hun i

In Langs, da hun i holt in Tal unt' gar koa Ruah,
i geh so fröhlich und so gern an Kogl zua,
und i acht koa Steign und i acht koa Höh',
und es friascht mi weita nit an Schnee;
denn bald der Huhn balzt, is a gar schöane Zeit
und a paar krumpe Federn dia sen halt mei Freid.

Ref.: Holdjoiri! Holdirididiridio, holdjoiri! Holdirididiridio,
holdjoiri! Driaho!

Da Spielhuhn füascht a Lebm, jo so hätt i's in Sinn,
weil i die Dianei liab und weil i lustig bin,
schau bei eahn in Langs is allweil Hochzeittag,
ob's denn auf der Welt oans schöna mag!
Und er kennt sie wohl aus, dass'n neamad dafangt
und dass ihn so leicht nid a Bixal dalangt.

Er is a Vogl, schean als wia 's koan andern geit,
und gar schneidig rafft er, bald 'n 's Eifern reit't
und in Balzn is er übern Auerhuhn,
hebt die Gsangln nid so toasi un.
Krat so bin i a, bin gern lustig und laut,
bin a schneidiger Bua, der si eppas z 'toan traut!

Und wann da Spielhuhn d' Henna kloanweis zuacha bringt,
bald a balzt und gruglt, bald a tanzt und springt,
krat so lern i drobn von dem Spielhuhn halt,
was im Tal herunt de Diandln gfallt.
Denn de Dianei, de machn 's krat nett wia de oan,
dea nid tanzt und nid balzt, der kim' nindascht zan Loahn.

toasi ➤ *langweilig*

Toni Knittel, Sänger und Liedermacher
der Band „Bluatschink", Bach im Lechtal

Am Lech entlang

1. Wenn er wia a kloanes Kind
ganz oba am Berg no über d'Felsa springt,
da siecht ma ihm dia Kråft it o,
dia er scho kurz drauf håt!

Spater in der tiafa Schlucht,
da hörsch du ihn tosa und du spürsch dia Wucht,
mit der er scho seit so viel Jåhr
sei Tal in da Felsa gråbt.

Und i geah mit ihm mit –
kånn lesa, was sei Wåsser in die Låndschaft schreibt.
Und i geah mit ihm mit –
weil er mir mit dem scheana Tål a Hoamat geit!

Ref: Am Lech entlång kånn i mi ganz oafach treiba lassa.
Am Lech entlång – dia Gedånka fliaßa frei wia s'Wåsser!
Am Lech entlång geah i Schritt für Schritt
von der Quelle bis zum Fåll.
Am Lech entlång spür i Schritt für Schritt
so viel Wunder überåll!
Am Lech entlång!

2. Wenn er seinen Kåmpf dånn gwinnt,
auf oamal gånz, gånz ruhig aus da Felsa rinnt,
ja, dånn wird des Tal so weit! Dia Berg, sie måcha Plåtz!

Wo heind bunta Wiesa sei,
und Dörfer wia Perla findesch nåch der Reih,

då håt der Mensch die Fåssung gmåcht, mittadrinn
stråhlt der Fluss als Schåtz!

Und i geah mit ihm mit –
geah an sei'm Ufer, hör des Liad, des er mir singt!
Und i geah mit ihm mit –
trågt der Weg mi heacher, spür i, wia des Tål mitklingt!

Toni Knittel, Sänger und Liedermacher der Band „Bluatschink",
Bach im Lechtal

Zum Niederkniala schea

Ref: Zum Niederkniala schea!
Da sei Momente, dia ma nia vergisst,
ma wünscht sich, dass sie niemals mehr vergeah.
Zum Niederkniala schea, då möcht ma ålba mehr.
Ma spürt, då bleibt dia Walt auf oamål steah.
Es isch zum Niederkniala schea!

1. Ja, mit erhobnem Kopf, so geah i durch da Tåg
und luag der Walt gånz frech ins Gsicht!
I låss mei Låcha höra, weil i s'Leba måg!
Und jeder merkt, i fürcht mi nicht!
Doch plötzlich siech i, hör i, spür i wås,
des mi verzaubra will.
Då werd i kloa und nur mei Herz
unendlich weit, unendlich still!

2. A Wiesa, über dia der Wind gånz zärtlich streicht –
a riesagruaßes Bluamameer!
A Vogel schwebt am Himmel so unendlich leicht –
då fliagt dei Seele hinterher!

Und wenn a Berg am Åbend Fuier fångt und jemand singt a Liad –
a Melodie, dia wia a Glocka in dir klingt,
und di berührt!

3. A Kind, des friedlich troumt
und du siechsch, dass es låcht,
då glåubsch, dass des a Engel isch!
So mancher Glücksmoment håt
Weltgeschichte gmåcht,
a Sega, wenn då Zeuge bisch!
Und so viel Augenblicke mit ins zwoa –
du und i alloa.
I woaß, dass es den Himmel då auf Erden geit
und die Ewigkeit!

In die Berg bin i gern

In die Berg bin i gern,
und då gfreit si mei Gmiat,
|: wo die Ålmröserln wåchsen
und der Enzian blüaht. :|

Und da Schnee geht båld weg,
und es wird wieda schean,
|: und då wer' i båld wieda
auf die Ålm aufegehn. :|

Wo i geh, wo i steh,
denk i ållweil an di
|: werst wohl du, wånn i fortgeh,
a no denkn an mi. :|

Stephan Mathoi, Sänger und Komponist der Mundartband „TOI“, Wenns im Pitztal

Langezluft

Wenn mir d’Langezluft
Wårm in der Nåse gitzelt
Und d’Sunne mir
A låchete Lårve schnitzelt
Bin i z’friede mit d’r Walt
Vor ållen z’friede mit mir salt

Wenn i am Rugge lieg und
Schaug wia d’Wolke ziache
Je nach dem von wo d’r Wind kimmt
Kånn i’n Houler blüha riache
Nå tua i meine Ouge zua
Und i wear schwar wia a Stua

Weil sou a Tåg isch wou må nuit z’beweise håt
Und der Herr Gott mi an guate Mensch sein lått
Mir war’s als flüstert er mir zua:
„Hey Bua, du bisch it allua!“

Wenn i durch s’Dorf spazier
Und siehch wia d’Leit si griaße
Sie lei kurz mit’nånder röide
Weil – woasch eh – sie wieder miaße
Trotzdem geaht’s a jedem guat
Und kuan verlåßt sou schnell d’r Muat

Då und dett hearsch wieder
A påår Kinder lålle
Die vom Jagzne it å’låsse
Wenn sie ou auf d’Nåse fålle

Ån åndere Tag k'ragsch iatz schu z'viel
Åber heind passt's sou zu deim G'fühl

Weil sou a Tåg isch wou må nuit z'beweise håt
Und der Herr Gott mi an guate Mensch sein lått
Mir war's als flüstert er mir zua:
„Hey Bua, du bisch it allua!"

jagznen ➢ *blödeln, herumalbern*

Christoph Martin, Musiker, Wörgl

A so a Tog

Wennst jung bist is as Lem, so frisch wia Tau im Gros
wia de Morngstund voi Sonnenschein unberüaht und grenzenlos
De gonze Wöt lieg floch vua dia, alle Wege drauf kust geh
es brennt in Deina jungen Brust, as Lem und de is sche
und so vageht da Vuamittog, a feirigs auf und oh
zwischen Hoffnung und Enttäuschung, schwebst unmittelbor
und so vü steckt in dia, a vois Bündl Energie
a Hauptroin de nua dia keat, und nua du fiast de Regie
a so a Tog is schnö vorbei,
drum tua I des wos I ma vuanimm gscheida glei
a so a Tog heat a moi auf fe mi
bloß donn is zspat, wei donn bin I hi
etz sitzt in da Mittagssunn, und dia weat eiskoit klor
daß de Sunn grod am Zenith steht, daß scho mea wia d'Höfte wor
das des amoi so kemma weat, host eh oiwä scho gwußt
bloß daß des a so schnöh geht, des wor da nia bewußt

und du woaßt etz is oft Zeit, daß Träume Wohrheit wean
so long host es scho aufgschom, greif zua bevuas wem
ondan kean
und a jeda Augenblick, schleicht sonft an dia vorbei
de Nocht kimb oiwä nachenda, host nimma long dawei
Es blinselt da de Abendsunn, geschmeidig in dei Gsicht
dei woacha Sonnenuntergang, is Ende vo dea Gschicht
Und du schaust auf dein Tog zrugg, es is Zeit füa wos neis
bloß ob do nu wos kimmb, is des was keiner weiß
Und du mochst di aufn Weg, ob'sd geh wüst oda net
dei Tog dea is scho längst passiert, wennst nu wos ztoa
host iss etz bled
weil dei Zeit is um, du wochst auf aus dem Traum
oda gehst eascht richtig schlofn, an Unterschied mochts
kaum

Christoph Martin, Musiker, Wörgl

I hob Zeit

Du host a teias Auto & a teias Haus
dei Frau gib regelmäßig vo deim Göd net wenig aus
du host Mocht & Einfluß, auf di schaung de Leit
ova wos da am meistn feiht, is a bissä Zeit

Du moanst daßt meahra wert bist, je meahra du host
& host gonz vagessen, daßt friahra a net unzfrien worst
bloß wor do's Lem nu leichta, net so vü zum valian
oiwä greßa weatde Foitn auf da Stian

I hob Zeit, Zeit fe mi
I hob Zeit, daß i a Liadl schreib fe di
I hob Zeit, de nua fe mi vageht
I hob Zeit, de host du net

I hob koa teias Auto, & i hob koa Haus
& wenns noch deine Werte gang, schau i wia a Valiara aus
des Zeig, wos du zum Lem brauxt, des brauch i net
& i kannt net song, daß ma deszweng schlechta geht

es geht mi jo nix uh, i wirf da a nix vua
schließlich is dei Lem, i wunda mi nua
daßt jammast & reast, daßt jo koa Gschäft vasammst
& auf'd Nocht im Bett, vo da gruaßn Freiheit trammst

Christoph Martin, Musiker, Wörgl

I leb

I sitz in Niedabroatnboch, auf an Bankä anan See
Sich Berg & blaun Himme, unds Lem is sovü sche
I zind ma mei Pfeiffä uh, und i moah i hobs gspiaht
De positive Vibration, de in mein Kopf vibriat

Jo, i leb & des lei oa Lem long
so guat wia geht in Freiheit mit an aufrechtn Gong
Jo, i leb a unbestimmte Zeit
und des net gestan oda morng na i leb heit

I brauch net oid und grau wean, damit i's übareiß
Dass i irgendwonn mit Sichaheit, ins Gros beiß
& dass donn vorbei is, des gonze schene Lem
& in 100 Johr weans song, den Christoph den hots a moi gem

Hans Haid, Längenfeld

vö gonz weit hea	von ganz weit her
treet dr wint	trägt der wind
a herbeschtplattle	ein herbstblatt
in ar kommrn	in einer kammer
löüsnen sunnenplüemen	horchen sonnenblumen
bis i auschtea	bis ich aufstehe
is pischlgschirre nimm	den blumentopf nehme
in a wormes winkele	in einen warmen winkel
stell	stelle
meine pliemlen	meine blümchen
iibrn wintr mit an	über den winter mit einem
leintüeche	leintuch
züedeckn di öügn	zudecken die augen
driibrleegn	darüberlegen
und roschtn	und rasten
vö gonz weit dinnan	von ganz weit drinnen
feecht die sunneplüema	fängt die sonnenblume
zu löüsnen oon ...	zu horchen an ...

Hans Haid, Längenfeld

das feine gespür für den schnee

bei solchen gelegenheiten	sellamool
so viel schnee	söövl schnea
hat es heute	hots heit
geschneit	gschniibm
ganze stöcke	gonze schtecke
tief vergraben	tüif vrgroobm
kommt großmutter	kimmet naale
klaubt scheitchen	klaubet scheitlen
hackt prügel	hocket priigle
heizt ein	kenntet inn
solche häufen	sella heifne
hat sie gesagt	hottse gseet
niemand wissen	niemat wissn
so viel schnee	söövl schnea
dann wohl	oftr wöll
kommt sonne	kimmet sunna
frühlingstropfen	langestreefrn
(von den dächern)	
vintschgerwind	vintschgarwint
(wind aus dem vintschgau	
= alter name für den föhn)	
lawinenhäufen	leenenheifne
tief im felde	tüif in falde
frühlingssonne	langessunna
großmutters kopftuch	naalas tiechle
in der sonne	in dr sunnen
fein gehabt	fein getunket
sehr fein	wöltan fein
etwa wohl	eppan wöll

Gertraud Patterer, Dölsach in Osttirol

Lärche und Taxe

Die Lärche måcht bei Ihrn Rauhreifmorgnmåntl an
Knöpf auf.
Die Taxe schaug, dürch Nådle, schickt Vejgle: soll nou
oan auftüen.
Die Sunne spielt nit mit bei dejn Dreia, isch in weitescht
weg.
Soll wårbm gejbm. Gott schitzt sie. Es weard Nåcht. Da
Knöpf geht züe.
Die Bama recknt die Würzn inanönda. Rech trejtntn drauf.
'ṡ isch soja Getiane. Da Uhu reib sein Fejdaköpf.
Stearne fållnd hinta die Halse. Die Kältn strickt Schale.
De Rech wieda weg, kejmment die Hirsche, eingebildet
daher.
Da Wind blåst åls in Åsch. Iban Plaun ålle Fårbm. Tåg
weard.
Die Lärche in Flömmen – springend ihr die Knöpfe auf,
zegleich.
Sie isch nåckntig. Die Taxe geht her in mittn Vörmittåg.
Wer in Wåld isch, isch Zeige, Lärche und Taxe, a Liabspåår.

Plaun ➤ *Ederplan, Berg in Osttirol*
Halse ➤ *Hälse*
Schale ➤ *Schals*

Gertraud Patterer, Dölsach in Osttirol

Möaz

De Tschüatschn gretschnt in da Sunne.
Wås i nit darmåcht haun, tüe i hetz.
Hoaße Pejchtröpfn auf meine Schunkn.
Varsprejchnd mir vörzeitigen Summa.
Meine Wimpan springent auf und nieda,

wie Wåsserkejfan in schwårzn Timpflen.
Wenn i dein Schüech siech – gib ’s Gott,
endlich, nejbm mein Gsicht, susch nit!

Tschüatschn ➤ *Zapfen von Nadelbäumen*
Schunken ➤ *Schenkel*

Gertraud Patterer, Dölsach in Osttirol

Örl

Gott schaug ob die Örl woll nit ze gleim zömme stiahn.
Des måg er nit, er schiab ’n Bachlen dazwischn.
Sånd, sou wie’s hålt passt, dåss aufn glitznt zen ihn.
Und haruntn, nix geht – er henkt sie vanönda.
Stellt Leit dazwischn, dej hend ’n gleich –.
Oba nit die Örl, seine Örl. Des derfns nit.
Selba kimmb a wie da Vota zu die Kinda.
Zu die Örl mit de nettn Tschiatschlen,
die Silbastämme und innend röet, des nutzt nix.

Örl ➤ *Erlen*
Tschiatschlen ➤ *Zapfen der Erlen*

Annemarie „Mizzi“ Tuschl, Reutte

Huamatlieb’

Gäb’s lauter solche Leit wie mie,
wär Amerika entdeckt no nie,
i hon halt it des u’ruhig Bluet,
was mie in d’Fremde zieche tuet.

Mir isch die Adria viel z’tief,
der Turm vu Pisa isch mir z’schief,

d'Liechter vu Paris, die sind mir z'hell,
der Umtrieb in New York viel z'schnell.

Ungarns Weiten sind mir z'ebe,
in Japan hon i Angscht vur'm Bebe.
In Rußland wär mir wieder z'kalt
und Gebäude in London sind mir z'alt.

Meine Wurzla, die sind in Tirol
und bloß do fiehl i mie wohl.
I hock ganz g'wieß it hinter'm Ofe,
aber i brauch meine Schrofe,
die ringsum mein Oart ei'kränze
und i der Oubendsunne glänze.

I brauch mein Wald, den G'ruch noch Peach,
mueß heare 's Rausche vu meim Leach,
isch o der Winter ewig lang,
mir isch do ganz g'wieß it bang.
I fiel mi do so richtig wohl,
wenn's Winter wierd in Tirol.
Und kummt nocha 's Friehjohr hear,
wo Bäm voll Blue sind, weiß wie Schnea
und d' Schwalbe zieche wieder ei',
sag', wo kann's do no schiener sei'?

Und im Summ'r, wenn ma mäht des Gras,
d'Luft durchsichtig isch wie Glas,
der G'ruch vum Heu liegt i der Luft,
wo gibt's denn no den b'sund're Duft?

Und im Hearbscht, wenn d'Nebl zieche,
was noch verbrenntem Lob tuet rieche,

der Ahorn stoht wie a roater Brand,
wo gibt's noamal so a Land?

I wohn' do hus im Außerfeare,
do bin i derhuem und hon's halt geare,
bin do gebore und o bliebe,
mir hot's nie in'd Fremde triebe.

Schrofe ➤ *zerklüftete Felswände, Gebirge*

Walter Hölbling, Dialektmusikgruppe Findling, Rum

Stilles Land

Ref: Stilles Land, am Herzrand g'legn, a Handbroat lei vom Paradies
Hoamatland, schun tausend Mal g'sechn und jedes Mal andersch und nei

Taleinwärts der Weg, herzverbund'n mit Dir, da Rundblick auf di aug'ngroaß
Am Wasser mundoff'n, dei Ader zum Leb'm, a Bild für die Herzstub'm in mir

Ref: Stilles Land, am Herzrand g'legn, a Handbroat lei vom Paradies
Hoamatland, schun tausend Mal g'sechn und jedes Mal andersch und nei

Gipflwärts weitergian, kniawoach am End, dünnluftig ob'm am Ziel
Iatz dalieg'n, herzoff'n, nit denk'n, lei g'spiarn, ewigundnoapaartag.

Ref: Stilles Land, am Herzrand g'legn, a Handbroat lei vom Paradies
Hoamatland, schon tausend Mal g'sechn und jedes Mal andersch und nei

Z'oubms a Stub'm, dahoam bei die Leit, ausraschtn, singen und spiel'n
Inwendig Bilder, schon auswendig glearnt, unvagessn fier mi.

Ref: Stilles Land, am Herzrand g'legn, a Handbroat lei vom Paradies
Hoamatland, schun tausend Mal g'sechn und jedes Mal andersch und nei

David Spiss alias Yo!Zepp, Rapper/Songwriter, Urgen b. Landeck

Baurajazz

aus dem Album „Von Seiten der Gemeinde" by Yo!Zepp/Chrisfader/Testa. Beat: Romanian Jazz Fader

1. Am Manti in dr Friah, klopft mar dr Martin gega d Tiar,
und muant er sei am letschta Freiti sou sympathisch gwest zu miar,
hei mr aus dr Scheiße kolfa und noch a poor Glasla Biar,
hei ihm versprocha er kriagt fix dia Pocht vom Jager seim Revier

und i sou ... (Hmmm), wos sell id o soga vom Freiti do woas i foscht gor nuit mia,
bin vom holbata Doarf ingloda gwoara, sie hoba *„zommzommzomm"* in meina Ohra gschriah,
und i gloub foscht, dass i nou da uan ouder ondara Poschta verschprocha hon,

iatz bin i decht earscht grod a Wocha im Omat und iatz
hängas mar olla schua d Goscha on

und dr Martin muant *„Wos ma am Freiti verschpricht
deis hot ou am Manti z galta“*,
schprich, i schteah in dr Pflicht, sinscht weara sie
wenns gegn Jager geaht olla zamahalfa,
und lei weil i do iatz hock, breich i jo it muana i sei an
schlaucher Hund,
sie heia sie s olli nou grichtat, weil er a Mitglied sei
beim Baurabund

Martin … globsch du wirkli, i loss mar a Ongscht injoga,
tiats decht wosats wellats, weil mi grod ondra Gedonka
ploga,
ob i ou am Dianschti auschtiah will sell i mi longsom
froga,
er tat mi moarga ou in am Holzsorg umanondertroga

Chorus: Baurajazz, in deim Doarf do gibt’s an Haufa
Schtress, …

2. Am Dianschti schteah i au, geah ins Gemeindeomt,
wear wortat do,
an Wompata mit Bort im Gsicht, im Jagergwond vom
olta Schlog,
JAGER tei r hoaßa und i tei schua wissa worums geaht,
ums Jogdrevier, da Martin und um d Pocht dia ihm seit
Johra keahrt

… I gloub i bin im folscha Film, in am Heimatfilm
…

Manti ➣ *Montag*

Felix Mitterer, Schriftsteller, Achenkirch

Die Piefke-Saga | Teil 2: Die Animation (Auszug)

VOR DEM BERGFÜHRERBÜRO.TAG. – *Ein VW-Bus. Fünf Touristen und zwei Touristinnen stehen in Bergsteigerkleidung da, jeder mit Rucksack, drei der Männer mit Berghüten. Sonst keine Ausrüstungsteile. Ein Bergführer steht bei ihnen. Sie warten. Der Bergführer schaut auf die Uhr.*

BERGFÜHRER: Des mag i scho gern!
TOURIST: Da kommt er.

Sie schauen. Karl-Friedrich kommt heran. Er trägt neue, große, schwere Bergschuhe, Kniestrümpfe, darüber Gamaschen, Kniebundhose, kariertes Flanellhemd, Pullover, Anorak, einen großen Rucksack, eine auf die Stirn geschobene Gletscherbrille, an den Händen fingerlose Bremshandschuhe, die Lippen sind dick eingecremt, in der rechten Hand hält er einen hochmodernen Eispickel, um den Hals hängen Kompass, Höhenmesser und Fernglas, er hat Brust und- Sitzgurt angelegt, schleppt mit sich zwei Kletterseile, Steigeisen, eine Menge Schlingen, um die Hüften scheppern Karabiner, Haken und Klemmkeile, außerdem ist er noch bestückt mit Steigklemmen, Seilbremsen, Eisschrauben, mit einem Bohrmeißel und einem Felshammer. Alle schauen verblüfft.

BERGFÜHRER: Des derf decht nit wahr sein!
KARL-FRIEDRICH: Morgen! Welcher Gipfel wird erklommen?
BERGFÜHRER: Gar keiner! Zuerst mach ma amal eine hochalpine Schnuppertour. Dabei lern ma des Gehen in Fels und Eis. Trittsicherheit! Überprüfen der Schwindelfreiheit!
KARL-FRIEDRICH: Jetzt halten Sie mal die Luft an!

Bergführer: Sie halten die Luft an! Jetzt red i! Als nächstes kommt der Gebrauch des Seils, des Hakenschlagen, alpine Gefahren, Kameradenbergung, Gletscherkunde und Orientierung. So, das wär's!

Karl-Friedrich: Und der Gipfel?

Bergführer: Denn kriagst dann schon! Aber erst am letzten Tag!

Karl-Friedrich: Also, jetzt hören Sie mir mal zu, junger Mann! Erstens: Die hochalpine Schnuppertour hab ich bereits ausreichend hinter mir, ja? *(Zeigt auf die silberne Wandernadel an seinem Anorak:)* Die silberne Wandernadel! Das ist ja wohl geschnuppert genug, oder? Zum Zweiten: Ich bin perfekt ausgerüstet, wie Sie sehen!

Bergführer: Ja, is seh's! Daherkommen tuast wia a Christbaum! Des halbe Zeig kannst glei dalassen!

Karl-Friedrich: Was? Ja, was glauben sie denn? Das hat ein Vermögen gekostet! Glauben Sie –

Bergführer: Mei, geht mir der auf die Eier! – Also, von mir kriagst du koan Gipfel, verstehst?! Und wenn du koane Lust hast, mit den anderen da den Grundkurs zu machen, dann schleich di! Solche wia di hab i schon gfressen!

Karl-Friedrich: Was soll ich ich? Sagen Sie das nochmal!

Bergführer: Schleichn sollst di! *(Zu den anderen:)* Kommts, wir fahrn los!

Der Bergführer macht die Schiebetür des Busses auf, die Touristen steigen ein, der Bergführer setzt sich ans Lenkrad, fährt weg, Karl-Friedrich schaut ihnen zornig nach.

STRASSE ZUM ROTTERHOF. – *Karl-Friedrich braust mit dem Mercedes die Straße hinauf, von oben kommt ihm der VW von Thomas entgegen, Karl-Friedrich bremst ab,*

Thomas ebenso. Thomas kurbelt das Fenster herunter, Karl-Friedrich ebenfalls.

Karl-Friedrich: He, Thomas! Du bist doch Bergführer, oder?

Thomas: Gwesn! Hab ja koa Zeit mehr.

Karl-Friedrich: Es hilft nichts, Thomas! Ich brauch einen Gipfel! Durch die Meichsner-Führe auf die Lechspitze!

Thomas: Meichsner-Führe? Des ist ja a schwerer Fünfer!

Karl-Friedrich: 500 Mark!

Thomas schaut unentschlossen.

Karl-Friedrich: 1000 Mark!

EINSTIEG AN EINER FELSWAND. – *Thomas und Karl-Friedrich am Einstieg. Karl-Friedrich nun nicht mehr so übertrieben ausgerüstet. Er hängt am Seil von Thomas. Beide schauen hoch. Karl-Friedrich wird es auf einmal ganz schrecklich mulmig zumute. Thomas bekreuzigt sich, spuckt in die Hände und reibt sie ineinander. Karl-Friedrich schaut ihn angstvoll an.*

FELSWAND / ERSTER ABSCHNITT. – *Karl-Friedrich klebt an der Wand, das Seil führt von ihm nach oben. Karl-Friedrich sucht nach Tritten und Griffen, steigt langsam hoch, schwitzt, hat Angst, schaut in den Abgrund hinunter, wird schwindlig, lehnt sich keuchend mit dem Gesicht an den Felsen. Thomas ist jetzt absolut autoritär.*

Stimme Thomas: Jetzt tua schon weiter! I will nit in der Wand übernachten!

Karl Friedrich schaut nach oben. Thomas ist ein Stück weiter oben an einem schmalen Standplatz mit Selbstsicherung.

THOMAS: Jetzt tua endlich!

Da Karl-Friedrich nicht weiterklettert, zieht Thomas ungeduldig am Seil, dass Karl-Friedrich ein paar Zentimeter hochgezogen wird. Karl-Friedrich verliert einen Tritt, sucht verzweifelt neuen Halt mit dem Bein, findet ihn, kämpft sich ein Stück weiter hoch, hält inne. Die Finger sind schon aufgeschürft und blutig.

KARL-FRIEDRICH: Ich kann nicht mehr Thomas! Ich kann nicht mehr!

THOMAS: Hör auf jammern, du Schlappschwanz! Wer wollt denn da herauf? I vielleicht? Die Wand wird jetzt gmacht, verstehst?! Und wenn du dir dabei die Hosn vollscheißt! Los, tua weiter!

Thomas zieht am Seil, Karl-Friedrich klettert verzweifelt weiter hoch, verliert den Halt, stürzt ab. Nach ein paar Metern kann Thomas ihn halten, Karl-Friedrich pendelt hin und her. Die Hände von Thomas bluten, weil ihm das Durchrutschen des Seils die Innenflächen aufgeschürft hat.

THOMAS: Halt di fest! Such dir an Tritt, verfluacht noch amal!

KARL-FRIEDRICH: Ich kann nicht mehr!

THOMAS: Du, i lass di aus!

Thomas lässt das Seil etwas nach, Karl-Friedrich sucht verzweifelt nach Griff und Tritt, es gelingt ihm.

THOMAS: Weiter!

Karl-Friedrich: Ich will runter! Bitte, Thomas, ich will runter! Die 1000 Mark, die 1000 Mark, die kannst du gern behalten!

Thomas: Du, i bin koaner, der gern umdreht! Merk dir des! Du wolltest den Gipfel und du kriagst ihn! Los, weiterklettern!

Karl-Friedrich klettert wieder ein Stück weiter, rutscht wieder aus, Thomas hält ihn sofort und zieht ihn wütend zwei Meter hoch. Karl-Friedrich sucht hektisch nach Halt, findet ihn, klettert weiter hoch, kommt zum Standplatz, Thomas zieht ihn hoch, sichert ihn. Karl-Friedrich kniet mit dem Gesicht zur Wand auf dem schmalen Band, ist total erschöpft. Thomas nimmt seinen Rucksack ab, setzt sich auf das Band, lässt die Füße in den Abgrund baumeln, öffnet den Rucksack, nimmt eine Aluflasche heraus, öffnet sie, hält sie Karl Friedrich hin, stößt ihn damit an, Karl-Friedrich schaut zu ihm, nimmt die Flasche, trinkt vorsichtig daraus, vermeidet es dabei, in den Abgrund zu schauen. Thomas nimmt die Flasche wieder, trinkt davon, holt sich Wurst, Brot und Taschenmesser aus dem Rucksack, beginnt zu jausnen.

Thomas: Geh, setz di doch hin! Bist ja eh anghängt!

Karl-Friedrich dreht sich vorsichtig um, kniet sich seitlich hin, sieht die blutigen Hände von Thomas.

Karl-Friedrich: Das tut mir leid! *(Thomas antwortet nicht.)* Ich hätte Bremshandschuhe in meinem Rucksack!

Thomas: Des nutzt mir jetzt nix mehr!

Eine Weile Schweigen. Thomas will Karl-Friedrich ein Stück Wurst reichen, der schüttelt den Kopf, lugt dann vorsichtig in den Abgrund, wendet sich gleich wieder weg. Thomas beugt sich aus der Wand, schaut sich um, schaut schräg nach oben, erstarrt.

THOMAS: Des derf doch nicht wahr sein!
KARL-FRIEDRICH: Was denn?
THOMAS: Schau amal auffi!

Karl-Friedrich beugt sich vorsichtig vor, schaut hoch. Weiter oben, seitlich in der Wand, hängt ein Bergsteiger. Er hat einen Haken eingeschlagen, das Seil läuft durch und ist an ihm befestigt, sodass er sich frei bewegen kann. Der Bergsteiger ist im Begriff, ein riesiges Transparent anzubringen, an seiner Seite hat er es schon oben und unten an zwei Haken eingehängt, eben schlägt er einen Haken für die andere Seite ein. Man kann noch nicht lesen, was auf dem Transparent steht.

KARL-FRIEDRICH: Was macht denn der da?
THOMAS: Des möcht i a wissen!

Thomas macht sich vom Seil los, klettert frei zu dem Mann nach oben.

KARL-FRIEDRICH: Thomas! Doch nicht ohne Sicherung!

Mann kann jetzt lesen, was auf dem Transparent steht: DER WALD STIRBT! Thomas klettert auf den Bergsteiger zu.

THOMAS: He! Du!

Der Mann dreht den Kopf. Es ist Hans.

THOMAS: Sag amal, spinnst du? Was tuast denn du da?
HANS: Siehgst ja!

Thomas beugt sich zurück, liest.

Thomas: „Der Wald stirbt!“ Du Aff, du Trottel!

Thomas klettert ganz auf Hans zu, Karl-Friedrich unten lugt vorsichtig hoch. Thomas will das Transparent vom Haken reißen, Hans wehrt ihn heftig ab, ist im Vorteil, weil er angehängt ist und somit beide Hände verwenden kann. Thomas muss sich mit einer Hand festhalten, rutscht nun mit dem Fuß aus, stürzt fast ab.

Karl-Friedrich: *(entsetzt)* Thomas!

Thomas kann sich im letzten Moment mit den Händen halten, seine Beine baumeln in der Luft. Hans ungerührt. Thomas schaut in den Abgrund.

Thomas: Scheiße!

Hans grinst, Thomas fasst wieder Tritt.

Thomas: *(zu Hans)* Du bist a Landplag! Woaßt du des? Warum verschwindest denn nit endlich aus unserem Dorf?

Hans: Des tät euch so passen!

Thomas schaut Hans wütend an, klettert wieder zurück, greift schnell nach dem Transparent. Er reißt es aus der zuletzt gemachten Verankerung, es fällt hinunter, ist nur mehr an der anderen Seite befestigt, hängt senkrecht in der Wand, man kann es nicht mehr lesen.

Thomas: Wenn du des wieder aufhängst, dann zoag i di an! Spinner blöder!

Hans grinst, Thomas klettert wieder zu Karl-Friedrich zurück. Hans beugt sich aus der Wand, schaut seitlich nach unten, sieht Karl-Friedrich ängstlich auf dem Band hocken und hochschauen.

HANS: He, des is ja der Sattmann! Hast schon in di Hosn gschissn, ha?

Thomas klettert zu Karl-Friedrich zurück, Hans klettert nach unten, um das Transparent wieder heraufzuholen.

FELSWAND / ZWEITER ABSCHNITT. – *Thomas in der Wand mit Selbstsicherung, er schaut nach unten.*

THOMAS: Schwein! Drecksau! Feiger Hund!

Wir sehen Karl-Friedrich in der Wand hängen, er ist absolut verzweifelt und fertig. An dieser Stelle ist die Wand fast überhängend.

KARL-FRIEDRICH: *(aufheulend)* Hubschrauber! Hubschrauber!

THOMAS: *(lacht auf)* Hubschrauber! Den Hubschrauber kannst dir in den Arsch stecken! Scheiß-Piefke! Arschloch blöds! Entweder du haltst durch oder i schmeiß di aus der Wand! Verstehst mi?

Karl-Friedrich hat das Gesicht an den Felsen gepresst und die Augen geschlossen.

KARL-FRIEDRICH: *(leise)* Ich reise ab! Ich reise ab! Nie mehr wieder in diese Hölle!

Stimme von Thomas: He! Piefkeschwein! I zähl bis drei! Wenn du dann nit weitermachst, dann lass i di aus! Dann liegst unten in tausend Fetzn! Hast mi verstanden? Eins! Zwei! –

Karl-Friedrich beißt mit Tränen in den Augen die Zähne zusammen, klettert hoch.

FELSWAND / LETZTER ABSCHNITT. – *Karl-Friedrich klettert verbissen hoch, hat seine Angst überwunden. Er kommt zu einem Haken mit Karabiner, durch den das Seil läuft, löst das Seil aus dem Karabiner, nimmt den Karabiner ab und hängt ihn an sich, schaut hoch. Weiter oben steht Thomas in der Wand, schaut zu Karl-Friedrich herunter, klettert wieder weiter, Karl-Friedrich folgt ihm. Auf einmal ist Ziehharmonikaspiel zu hören, wird lauter. Karl-Friedrich schaut erstaunt nach oben. Ein paar Meter unter dem Ende der Wand hängt in einem Sitzgurt, dessen Seil über die Kante der Wand verschwindet, ein Mann, der Ziehharmonika spielt.*

Karl-Friedrich: Ja, sind die alle verrückt geworden?

Karl-Friedrich klettert weiter, schaut hoch, Thomas ist nun bei dem Mann, Karl-Friedrich klettert zu ihnen, schaut verblüfft. Der Ziehharmonikaspieler ist Joe.

Karl-Friedrich: Joe! Was machst denn du da?
Joe: *(ununterbrochen weiterspielend)* I stell den Weltrekord im Ziehharmonikaspielen in einer Felswand auf! 48 Stunden! Ohne Pause!
Thomas: *(verärgert)* Was Blöders is dir nit eingfallen, ha?
Joe: I komm ins Buch der Rekorde, Bruderherz! Des wird dir nie gelingen!

Stimme Sabine: Papi!

Karl-Friedrich schaut nach oben. Über den Rand der Wand ragt der Kopf von Sabine heraus (sie liegt auf dem Bauch). Sie wendet sich zurück.

Sabine: Mutter!

Der Kopf von Elsa taucht auf.

Elsa: Karl-Friedrich! Wir haben uns solche Sorgen gemacht!
Karl-Friedrich: *(verblüfft)* Wie kommt denn ihr da rauf?
Elsa: Mit der Seilbahn! Komm jetzt, Karl-Friedrich! Mir wird vom Hinunterschaun schon schwindlig!

Der Kopf eines Japaners taucht neben Elsa auf, er fotografiert Joe.

GIPFEL. – *Die Musik von Joe ist zu hören. Elsa und Sabine und der Japaner liegen auf dem Bauch. Neben ihnen ist das Seil, an dem Joe hängt, im Boden verankert. Daneben steht ein Klapptisch, auf Klappstühlen sitzen zwei Zeugen für Joes Weltrekord, spielen Karten, rauchen, trinken Schnaps. Am Boden zwei Rucksäcke. In der Nähe sitzt auf einem Stein allein und traurig Heinrich. Acht Japaner fotografieren sich gegenseitig. Einer der beiden Zeugen schaut auf seine Uhr.*

Zeuge: *(schreit)* He, Joe! 40 Stunden hast no!
Joe: *(von unten)* Okay!

Elsa und Sabine rutschen zurück, stehen auf!

Elsa: Er ist wirklich furchtbar! Sich so in Gefahr zu bringen!
Sabine: Also ich finde das toll!

Thomas taucht auf, klettert herauf, zieht Karl-Friedrich nach, zieht ihn über die Kante.

Sabine: Bravo, Papi!
Zeuge: Ah, griaß di, Thomas!

Thomas antwortet nicht, weil er das Ganze idiotisch findet. Karl-Friedrich steht schweratmend und wie benommen da, Thomas löst das Seil von ihm, wickelt es auf. Karl-Friedrich schaut zum Gipfelkreuz, wankt darauf zu, bleibt davor stehen, schaut es an, Thomas kommt nach, hängt sich das aufgewickelte Seil um, hält Karl-Friedrich die Hand hin.

Thomas: *(versöhnt)* Bergheil, Karl-Friedrich!

Karl-Friedrich nimmt die Hand, drückt sie fest.

Karl-Friedrich: *(gerührt)* Bergheil, Thomas! Ich danke dir! Das werd ich dir nie vergessen!
Thomas: Des is deine erste Wand, stimmt's?

Karl-Friedrich nickt.

Thomas: Du warst überhaupt no nia klettern, stimmt's?

Karl-Friedrich nickt wie ein geschlagener Hund.

Thomas: Wahnsinn! Na, du bist mir vielleicht oaner! Aber – des war wirklich eine gigantische Leistung von dir! Alle Achtung! Kannst stolz sein!

Karl-Friedrich beginnt zu strahlen, freut sich über alle Maßen, tritt neben das Gipfelkreuz, schaut über die Gebirgswelt hin, ein großes Glücksgefühl durchströmt ihn.

Schraufts au enchan Radio, noa isch ålls koa Miah! – Gstanzln aus der „Radio Tirol Sommerfrische“

Dia Fuaßball-WM,
dia isch voll im Gång,
dia schaugn jetzt viel,
manchen dauert sie z'lång.

Die hålberte Nåcht
schaugn se Fuaßball im Haus
a jeder isch gscheid,
aber koana kennt sich aus.

Wia's iatz ålle wissts,
måg i Fuaßball nit
i gfrei mi scho auf'n Winter,
auf die Sportler mit die Schi.

Brigitte & Christoph Grosek, Silz

Mei Månn schaut gern Fuaßball,
des ärgert mi sehr,
dånn verpass i mein Hansi
und des is a Gscher.

Dånn in da Halbzeit,
dånn will a a Bier,
weil Fuaßball is wichtiger
wie die Sendung von mir.

Am 13. Juli,
då is es soweit,
da sein ma vorm Fernseher
endlich wieder zu zweit.

Anna-Elisabeth Bergmann, Gaimberg in Osttirol

Heut gilt Tempo 100
auf Tirols Autobåhn,
ein Stau dånn neamp wundert,
bei dem Åffnzåhn.

Heinrich Unterrader, Rattenberg

Letzts Jahr beim Zeltfest,
då isch wås passiert,
da håm's oan im Schlåf
seinen Bårt abrasiert.

Des woa no nit alles,
sie håm ihn a frisiert,
und passend zum Sommer
die Nägl lackiert.

In da Friah håt a's dånn gsegn,
und ea woa gånz schockiert,
seitdem isch da Hansl
vom Saufn kuriert.

Birgit & Moritz Unterluggauer, Mils

Die Leitlen im Radio,
då håm sie's heit gsåg,
sing's a Gstanzl vom Wåsser,
ja des isch heit gfråg.

Bei uns da rinnt's Wåsser
vom Berg owa ins Tål,
viel trinkn såg da Döktr,
nocha fühl ma uns wohl.

Andrea Steinringer, Oberlienz

Des Wåsser is zan Wåschn,
zan Trinkn is as Bier
owa teats es nit vertauschn,
sist geahts ench glått wia mia.

I hu vü Wåsser gsuffn,
und ’bånt hun i in Bier,
in Rausch war i boid dasuffn,
Herr verzeich den Fehler mia.

Anna Moser, Alpbach

Weil mia no so jung sein
und nit ålls vastiahn,
sag insane Mama:
Låssts jå die Buam giahn!

Doch schaun toan ma gean,
a wenn ma nit solln,
und galligscht weat ins decht
wohl a oana holn.

Drum miaß ma no wartn,
bis mia greßa wean,
noa weat wohl die Liebe
bei ins a akehrn.

Anna Hoppichler, Mils

galligscht ➤ *dann, mit der Zeit*

Zwoa Zwetschgn, zwoa Bian
und vom Nåchbårn die Dian
und Radio Tirol,
då fühl i mi wohl.

Jakob Bergmann, Innsbruck

I lieb meine Mama
und die Mama liebt mi,
mir zwoa lieb'n in Papa
mir sein a kloane Family!

Mir 3 kearn zusammen
und halt'n recht zom,
es war wirklich super
kannt ma's für immer so hom!

Birgit & Moritz Unterluggauer, Mils

Etz miaß ma noa aufstehn,
mei des isch so friah,
Oamål nu umdrahn
war går a so schian.

Do kimp glei de Mama
und måcht an Radau,
ins kannt sia låssn,
des måchat a Schau.

Mia hean schon den Radio,
mei des isch etz fein,
weil mia håm bei ins
lei Radio Tirol drein.

Drum lassts ench etz oans sågn
und måchts es wia mia,
schraufts au enchan Radio,
noa isch ålls koa Miah.

Anna Hoppichler, Mils

Samma hinum kuglt, samma herum kuglt,
sammar einigkuglt ar a Strah,
is da Baua kemma, hod mitn Ochsnfisl,
wia's am lustigestn gwesn war.

Fini Sulzenbacher, Kitzbühel

Ochnsfisl ➢ *Rute zum Schlagen*

Insa schians Landl,
wie des isch wohl koans,
mittn in Europa
a feins und a kloans.

Fein sein und gschåffn,
war des was wohl zählt,
no war wohl Europa
a Vorbild der Welt.

Doch a die Politiker
solln recht toan,
åwa des weat sich eh
ba die Wåhln jetz zoagn.

Heats jetz au jammern
und toats wähln giahn,
a wenn viele Nåmen
nit sein zum vastiahn.

Anna Hoppichler, Mils

Iatz sein båld die Wåhla,
de von da EU,
i tat sågn mia giahn olle hin,
i-i und du.

So schlecht, wie viele moanen,
isch die EU nit,
drum nimm a dein Nåchboa
zum Wä-ählen mit.

Maria Stocker, Telfs

Die Gesetze va Brüssl
sen vüfåch a Schmoan,
und de soin mit Göid
ba ea söwa mea spoan.

Erika Baumann, Eben am Achensee

A Glick håd, wea zfriedn is,
und nid ois begeascht,
de Gsundheit und Liab
dia sen narrisch vü weascht.

Drum winsch i ench oina,
vü Glick und vü Freid,
und dass ench in da Gödtasch
da Nuatgroschn bleib.

Anna Moser, Alpbach

I håb an Buam khåb, håb ihn gean khåb,
håb glaubt, ea liebt mi,
håb i nachgfrågt, håt a fünfe khabt
– und die sechste wår i.

Rosmarie Crepaz, Innsbruck

Radio Tirol,
des is ja a Hit,
weil då bleibt ma im Kopf
oiwei fit.

De Moderatoren,
de sen super drauf,
då steaht ma in da Friah
går nit schwar auf.

Weil de hoid so vü
scheana Liada spün,
dånn is ma a wieda
glücklich und zfriedn.

Jetz winsch i ench ålle
an wundaschean Tåg,
Vielleicht spüts ma an Elvis,
weil i den so måg.

Daniela Bletzacher, Alpbach

Nach fufzg Jåhrn Durscht,
då håt heia die Wurscht
beim Songcontest gsiegt
und viel Lob dafia kriegt.

Soit's eppan nit taugn,
des braucht jå neamp schaugn,
da Songcontest in O,
is nit mehr wiar a Show.

Heinrich Unterrader, Rattenberg

Håst oamal a Glick,
druckst es zuawe zu dia,
sei owa ned zwieda,
sunst is glei drauß' ba da Tia.

Rudi Maynollo, Imst

Wenn die Sonn scheint,
bin i glücklich,
wenn's regnet erscht recht,
weil bin i nit glücklich,
so regnet's erscht recht.

Oliver Wimmer, Innsbruck

Wenn i aufsteh,
då fühl i mi wohl,
i hea so gerne
Radio Tirol.

Sympathische Sprecher,
a tolle Musik,
a schenes Programm,
des nenn i a a Glück.

Mei Familie
keascht a dazua,
mei Månn, zwoa Kinder
und zwoa Enkelbuam.

Emmi Geisler, Ebbs

Es isch a Gegacker,
mitn FC Wacker,
de stiahn bled davor
und da Gegner schiaßt's Tor.

Christine Gasser, Wenns

Wås raschlt und zischlt,
wås kimmt auf mi zua,
håb i glabt 's isch mei Schatzal
und daweil isch's a Kuah.

Maria Reinalter, Telfs

Der FC Tirol,
jå des isch wohl woah,
då isch nix mea då,
in die Wådl und im Boa.

Maria Schett, Nussdorf

Da FC Tirol
håt uns viel Freide gemåcht,
mia håm mit ihm gfeiert
bis tiaf in die Nåcht.

Hetz hilft hålt koa Jammern
und hilft a koa Klågn,
aber dass sie gråd ågstiagn sein,
lieg uns tiaf drin im Mågn.

Holladirdia, holladirei,
holladiridia, leider is vorbei.

Owa wea oamål hinfållt,
steht a wieder auf
und die Tiroler wean's schåffn,
då leg i oans drauf.

Holladiridia, holladiwoll,
i griaß ench ålle aus Oschtirol.
Irmgard Ruggenthaler-Jans, Nussdorf

Im ORF obn,
då gib's heit a Spiel,
då braugsch lei wås singen,
des koscht ins nit viel.

Und des mit dem Fuaßball
bei uns in Tirol,
des isch går a bittare
Seelenquål.

Dem Båll nåchilaffn
bringt a nimma viel,
weil gwunnen hâmm's a
nimma går a so viel.

Des soins gscheida låssn
und arbeiten giahn,
weil mia miaßn a
auf die eignen Fiaß stiahn.

Drum låssts ench jetz åbsagn
und påckts den Båll ein,
weil insa schians Landl
a ohne kånn sein.

Jetzt låss ma des Singen,
sonsch weat's ech no zviel,
es weat wohl båld aus sein
mit dem Fuaßbållspiel.

Anna Hoppichler, Mils

Dea Hinterseer Lukas
isch a leider weck,
iatz miaß ma hålt schaugn,
wia ma flickn des Leck.

De einen großkopfert,
de ånderen lahm,
åwar es gib nix, wås ma nit
wieda guatmåchn kann.

Maria Stocker, Telfs

Dea Erwin, dea Zangerle,
wollt zum Williams gehn,
doch de Ischgler, de zwiedern,
håm eam koa Freikårtn gebm.

Sissi Wolf, Ischgl

Ban FC Tirol,
då håt's gebm månchn Krach,
's Geld wår vabraucht
und de Kassn wårn flach.

Nix håt si g'ändert
und ålls weat so bleibm,
båld i an die Jungen denk,
dånn kommt mir des ...

Herwig Schnell, Innsbruck

Anhang

AutorInnenverzeichnis

Abler, Franz, geb. 1882 in Hall i. Tirol; gest. 1952 in Zams. Postamtsdirektor, Volksschriftsteller und Mundartdichter. Veröffentlichungen: „Von der Sonnseitn. Tiroler Mundartgedichte." (Buchhandlung A. Ditterich, 1947). Diverse Veröffentlichungen in Zeitschriften und Anthologien. S. 86

Astl, Christa, geb. 1947 in Garmisch/Bayern, verheiratet in Buch/St. Margarethen. Schreibt seit 2003 Gedichte und Geschichten in Mundart und Schriftdeutsch. Veröffentlichungen: Mundart-Gedichtband „In mia drin und um mi umma" (Eigenverlag, 2005). S. 19, 108

Außerlechner, Hilda, geb. 1940, wohnt in Kartitsch. Verfasste bereits in ihrer Schulzeit erste Gedichte. Veröffentlichungen: u.a. „Vertraute Heimat" (Verlag Osttiroler Bote, 2011), „Ålls håt sein' Sinn" (Edition Tirol, 2003), „Kraft aus der Stille" (Edition Tirol, 1999). S. 24, 40, 41, 96, 97, 150

Brenn, Hubert, geb. 1947 in Längenfeld. Mundartdichter. Veröffentlichungen: u.a. in „‚Wenn die Berg brennen ...'. 200 Jahre Herz-Jesu-Gelöbnis", „Die Mundart und das Brauchtum im Jahreslauf", „Weihnachten in Tirol damals und heute" (Hg. jeweils Tiroler Mundartkreis, 1997/1999/2002). S. 154, 176

Duregger, Monika, geb. in Kufstein, lebt in Kundl. Mundartdichterin. Mitglied des Tiroler Mundartkreises. Veröffentlichungen: „Das Universalinstrument Stimme: 20 Jahre Academia Vocalis" (Studien Verlag, 2008). Diverse Veröffentlichungen in Zeitschriften und Anthologien. www.monika-duregger.com S. 24, 49

Eberharter, Franz (Lachgas), geb. 1955 in Mayerhofen. Lehre als Kunst- und Bauschlosser, später Gendarm. 1998 Gründung der Kabarett-Gruppe Lachgas mit Alois Neuner und Karl-Heinz Schmid, später ersetzt durch Rudi Sturzeis. Nach künstlerischer Pause seit 2008 als Solo-Kabarettist und Krone-Kolumnist („Tirolerisch denkt") tätig. Veröffentlichungen: „Darüber lacht Tirol" (Verlag Ueberreuter, 2006). www.lachgas.at S. 50, 51, 77

Eppensteiner, Hilde, geb. 1923 und gest. 2004 in Innsbruck. Mundartdichterin. Veröffentlichungen: u.a. „Ins Herz eini" (Österreichischer Kulturverlag, 1988), „A Handl voll Herz" (Berenkamp, 2000), „Innschbruggerisch g'lacht" (Berenkamp, 2000). S. 44, 45, 46, 47, 172, 180

Galley, Lilo, geb. in Oberösterreich, als Kind nach Rum übersiedelt. Obfrau des Tiroler Mundartkreises, Mundartdichterin, Kinderbuchautorin. Veröffentlichungen: „Caterinas Träume“ (Berenkamp, 1996), „Michael und Kerstin werden dicke Freunde“ (Caritas Innsbruck, 2002), „In die Truhchn einigschaut“ (M. Naumann, 2007). www.lilo-galley.net S. 20, 22

Haid, Hans, geb. 1938 in Längenfeld. Volkskundler und Mundartdichter. Wurde 2010 mit dem Otto-Grünmandl-Literaturpreis des Landes Tirol ausgezeichnet. Veröffentlichungen: u.a. „Lesebuch 2“ (Studienverlag, 2013), „74 Ötztaler Dialektgedichte“ (Kyrene-Verlag, 2012), „Die Landgeherin“ (Haymon, 2011), „Similaun“ (Skarabaeus, 2008), „Wucht und Unwucht“ (Skarabaeus, 2000). S. 102, 103, 104, 175, 194, 195

Haid, Viktor, geb. 1953, wohnt in Innsbruck. Schreibt seit frühester Jugend Gedichte, Musik- und Kabaretttexte. Ist seit 1995 als freier Mitarbeiter beim ORF als „Herr Reindl“ tätig und besonders für seinen kabarettistischen Wochenkommentar in „Tirol heute“ bekannt. Seit 2003 freischaffender Autor und Kabarettist. S. 66, 68

Hausberger, Hans, geb. 1946 in Wörgl. Fernstudium Belletristik (2007–2009). Autor von Kurzgeschichten und Gedichten. www.edda-hans-hausberger.at S. 48

Hölbling, Walter (Dialektmusikgruppe Findling), geb. 1967 in Hall, lebt in Rum. Studium der Germanistik und Philosophie in Innsbruck, Journalismus-Ausbildung in Wien. Anfängliche Versuche, Lieder auf hochdeutsch zu texten. Schreibt seit 2005 nur mehr im Dialekt. 2005 wurde auch die Musikgruppe „Findling“ gegründet, mit der bisher drei CDs aufgenommen wurden. www.findling.at S. 63, 171, 199

Jordan, Herbert, geb. 1929 in Haiming, lebt in Kirchberg/Brixental. Mundartdichtung seit 1968. Veröffentlichungen: u.a. „Etz kimb die heilige Weihnachtszeit“ (Eigenverlag, 1988), „Brixntoiarisch fei’ und stad und kloavadraht“ (Eigenverlag, 1988). S. 148

Kitzbichler, Kathi, geb. 1949 in Hinterthiersee, wohnt in Erl. Erste Gedichte erschienen in Zeitungen, Zeitschriften, Anthologien und Kalendern. Seit einigen Jahren Kolumnistin der Österreichischen Bauernzeitung. Veröffentlichungen: u.a. „I wünsch da vü Glück“, „Du bist mei Sunnschei“, „I wünsch da ois Guate“ (alle erschienen in der Edition Tirol, 2012 / 2010 /2007). www.members.aon.at/kitzbichler S. 28, 146, 147, 174

Knittel, Toni (Bluatschink), geb. 1963, wohnt in Bach im Lechtal. Tritt seit 1990 als „Bluatschink" auf (bis 2007 gemeinsam mit Peter Kaufmann). Der Durchbruch erfolgt 1996 mit dem Album und dem gleichnamigen Hit „Funka fliaga". Großen Erfolg hatte außerdem das Kindermusical „Ritter Rüdiger". Aktuelle CD „DinnaDaussa". www.bluatschink.at S. 187, 188

Koch, Maria, geb. 1961 in Obsteig, Religionslehrerin. Veröffentlichungen: u.a. „Tiroler Adventkalenderbuch" mit Annemarie Regensburger (M. Naumann, 2006), Lyrikbände Lichtkrüge (1990), aubrechn (2003). Diverse Veröffentlichungen in Zeitschriften und Anthologien. S. 120, 121

Köhle, Frajo, geb. 1967, aus Telfs. Multiinstrumentalist, Musikpädagoge, Theatermusiker, Ensemblemitglied des Tiroler Landestheaters (Schauspielmusik). Auftritt als musikalisches Duo RatzFatz mit Hermann Schwaizer-Riffeser, mehrere Programme und CD-Veröffentlichungen für Kinder & Erwachsene. 2007 Deutscher Kinderliederpreis. www.ratzfatz.at S. 144

Koschuh, Markus, geb. 1977, lebt als Kabarettist und Schriftsteller in Innsbruck. Mitglied der Innsbrucker Lesebühne „Text ohne Reiter" sowie zweifacher österreichischer Poetry-Slam-Meister (2010 und 2011), Vize-Europameister im Poetry Slam 2011. Veröffentlichungen: „Voulez-vous KOSCHUH avec moi?" (Haymon, 2012). www.markuskoschuh.at S. 78

Lenz, Daniel (Schienentröster), geb. 1974, aus Innsbruck. Seit 2002 regelmäßige Auftritte mit dem Kabarett Schienentröster gemeinsam mit Harald Haller, seit 2013 auf Solopfaden. Daneben regelmäßige Theaterrollen und Auftritte im TV. Mehrere Kleinkunstpreise, darunter der „Publikumspreis des begehrten Grazer Kleinkunstvogels". www.schienentroester.com S. 70, 75

Lochmann, Rosi, geb. 1943 in Kufstein, wohnt in Langkampfen. Schreibt seit 1979. Veröffentlichungen: u.a. „Was der Inn erzählt. Dorfgeschichten von damals" (Edition Tirol, 2010), „Fletzen, Warzen und aufgeschlagene Knie ... Erinnerungen an eine fast vergessene Zeit" (Edition Tirol, 2003), „I denk ma's hoid so. Ernstes und Heiteres in Unterinntaler Mundart" (Berenkamp, 1996). S. 26, 94, 173

Margreiter, Berta, geb. 1924 in Grafenweg, lebt in Reith im Alpbachtal. Veröffentlichungen: u.a. „Unterländer Originale" (Edition Tirol, 2006), „Aufanonda zuageah" (Edition Tirol, 1997), „Die Vögel singen immer noch" (Berenkamp, 1991). S. 97, 172

Martin, Christoph, geb. 1979, aus Wörgl. Erste Auftritte mit 16 Jahren als Sänger & Gitarrist einer eigenen Punkband. Aus Punk wurde Reggae (3 veröffentlichte Alben & Kulturpreis der Stadt Wörgl) und aus Reggae die heutige „minimalistische wurzlmusig“ für die der Musiker nicht mehr als eine Gitarre und seine Tiroler Slang-Zunge braucht. Erstes Album „I leb“ (2007). www.christophmartin.at S. 191, 192, 193

Mathoi, Stephan (TOI), geb. 1981 in Wenns im Pitztal, Musiker und Musikschullehrer. Zahlreiche Projekte im Pop- und Rockbereich. Wirkte in Instrumentalensembles zwischen Jazz, Klassik und Klamauk mit, war Bühnenmusiker am Tiroler Landestheater. Seit einigen Jahren Leader der Mundartband TOI, Debüt-Album „Wårum it“ (2012). www.toi-music.at S. 167, 190

Mitterer, Felix, geb. 1948 in Achenkirch, lebt nach einigen Jahren in Irland heute in Niederösterreich. Seit 1978 erfolgreicher Theater- und Drehbuchautor. Die „Piefke-Saga“ ist seine bekannteste, vielfach preisgekrönte Fernseharbeit, „Kein Platz für Idioten“, „Besuchszeit“, „Sibirien“ die am meisten aufgeführten Theaterstücke. S. 202

Otto-Härting, Anna, geb. 1890 in Telfs, gest. 1965 in Innsbruck. Volkschullehrerin. Verfasste Lyrik in Mundart. Ihr Heimatzyklus „'s ålta Dorf“ blieb zu ihren Lebenszeiten nur Manuskript. Einige ihrer Gedichte wurden in „Mei'r Huamat. Mundartgedichte, Erzählungen, Sagen und Volksweisheiten aus Telfs“ veröffentlicht (Hrg. Marktgemeinde Telfs). S. 8, 98

Parodisteln, Innsbrucker, Kult-Combo der 1960er und 1970er-Jahre bestehend aus Franz Eller (geb. 1930, Volksschullehrer), Wolfram Kranl, (geb. 1936, gest. 1994, Berufsschullehrer) und Paul Platzgummer (geb. 1931, gest. 2014, Berufsschullehrer). Die Liedtexte entstanden gemeinsam mit Herbert Unterwurzacher, die Auftritte fanden allerdings nur als Trio statt. Auftritte anfangs als „Lehrer-Trio“ , später als „Parodisteln“. Bekannt für parodistische und satirische Lieder. S. 55, 58, 59

Patterer, Gertraud, geb. 1946 in Dölsach. Seit Anfang der 1980er-Jahre regelmäßige Veröffentlichungen: u.a. „In der Kranewittbliah“, „Es flog eine Dohle“, „Werfen wir die Sterne“ (jeweils Heyn Verlag, 2008 / 2006 / 2004). Rubatscher-Sonderpreis (1995), 3. Preis beim Autorenwettbewerb der Hochschülerschaft Innsbruck, „Europaregion Tirol, überwinden ethnischer und nationaler Konflikte“ (2009). S. 196, 197

Pirchner Werner, geb. 1940 in Hall, gest. 2001 in Innsbruck. Jazzmusiker, Komponist, Dichter und Zeichner. 1973 erste Langspielplatte „ein halbes doppelalbum“, löste begeistertes

Medienecho aus. 1986 Tiroler Landespreis für Kunst. 1995 Bühnenmusik zu Hofmannsthals „Jedermann“ bei den Salzburger Festspielen. www.wernerpirchner.com S. 60, 61, 165

Prünster, Harry, geb. 1956 in Schwaz. Radio- und TV-Moderator, Komiker. Bekannt aus Hörfunk- und TV-Frühschoppen und weiteren TV-Formaten. 1993-1999 Moderation von „Oh, du mein Österreich“. In „Harrys liabste Hütt'n“ präsentiert er seit 2003 die schönsten Wanderungen zu den urigsten Hütten Österreichs. www.harry-pruenster.com S. 184

Regensburger, Annemarie, geb. 1948 in Stams. Gelernte Köchin, lebt heute als freie Schriftstellerin in Imst. Veröffentlichungen: u.a. „Gewachsen im Schatten“ (Tyrolia-Verlag, 2013), „Die Weihnachts-gschicht auf tirolerisch“ (M. Naumann, 2003), „Barfueß“ (Haymon, 1997). www.annemarieregensburger.at S. 131, 136, 152, 179

Schmid, Egon, ab 1994 knapp 15 Jahre lang Chronist von Reutte. Mundartdichtungen. Veröffentlichungen: u.a. „Bei uns in Reutte. Mundartgedichte für Einheimische und solche, die es noch werden wollen“ (Ehrenberg, 1997). S. 119, 122

Schneider, Veronika (Boarnvroni), geb. 1970, wohnt in Zirl. Aufgewachsen auf einem Bergbauernhof am Hattingerberg. Schreibt im Hattinger Dialekt. S. 26

Schrott, Gertrude, geb. 1935, wohnt in Landeck. Mundartdichterin. Veröffentlichungen: u.a. „icha lousna – aussa soga“, „Kimm hea zu mir und roscht a bissli“, „Z'hintarsch drinn denkt und ausglaart“ (jeweils Eigenverlag, 1999 / 1997 / 1995), diverse Veröffentlichungen in Zeitschriften und Anthologien. S. 90, 117, 118

Schweinester, Johann, geb. 1873 in Kirchberg, gest. 1952. Ab 1899 Volksschuldirekter in Telfs. Chronist und Sammler von bis dahin nur mündlich tradierten Sagen und Geschichten aus Telfs. Einige davon wurden in „Mei'r Huamat. Mundartgedichte, Erzählungen, Sagen und Volksweisheiten aus Telfs“ veröffentlicht (Hrg. Marktgemeinde Telfs). S. 124

Spiss, David (Yo!Zepp), geb. 1983 in Urgen bei Landeck, Rapper und Songwriter. Gründete 2003 gemeinsam mit den DJs und Produzenten Christian Fleischmann (Chrisfader) und Lukas Ljubanovic (Testa) die HipHop Formation LA Splisz. 2009 erster Release im Dialekt des Tiroler Oberlandes unter dem Pseudonym Yo!Zepp (Bauer to the People! EP). 2014 Veröffentlichung des Konzeptalbums „Von Seiten der Gemeinde“ – die Singleauskoppelung hielt sich mehrere Wochen in den Top 10 der FM4 Charts. vonseitendergemeinde.bandcamp.com; www.duzzdownsan.net S. 200

Tuschl, Annemarie (Mizzi), wohnt in Reutte. Mundartdichterin. Veröffentlichungen: u.a. „Bloaß it lugg lo“ (Ehrenberg, 2009), „Typisch Mizzi“ (Ehrenberg, 2005). S. 41, 42, 197

Winkler, Christa, geb. 1960 in Innsbruck, lebt seit 2005 in Wien. Schreibt Mundart- und zeitgenössische Gedichte. Veröffentlichungen in „Deutschland schreibt Geschmack“, in den „Tiroler Heimatblättern“, der Frankfurter Bibliothek und der Klassikerausgabe „Die besten Gedichte“ 2013/2014. www.nemissimo.at S. 170.

Zöschg, Manfred (Luis aus Südtirol), geb. im Ultental/Südtirol, lebt in Hall als Mechaniker und Kabarettist. Wurde mit seiner Figur „Luis aus Südtirol“ überregional bekannt. Aktuelle Programme „Weibernarrisch“ und „Auf der Pirsch“. Publikumspreis „Kärntner Kleinkunstdrache“ (2002). S. 53

Mundartregister

Unterland

Osttirol

Südtirol

Inhalt